Die Karikatur vorne auf dem Einband stammt vom Cartoonisten Peter Butschkow, der damit 1994 ein Buch veröffentlicht und mir nun erlaubt hat, sie zu verwenden. Von ihm gibt es, zu verschiedenen Themen, zahlreiche Cartoon-Bücher. „Viel Spaß beim Tennis" heißt ein aktuell neues Werk.

© 2015   Eckhard Duhme, tredition GmbH
Verlag: tredition GmbH, Hamburg
ISBN: 978-3-7323-6900-3 (Paperback)
                978-3-7323-6901-0 (Hardcover)

Printed in Germany

Eckhard Duhme

Mein Gott!! Es ist doch nur'n Spiel!!

Tennisgeschichten

 tredition®

Inhaltsverzeichnis   Seite

Inhaltsverzeichnis Seite

1   So hat es angefangen

Schon als Kind wollte ich gerne Tennis spielen, aber damals (so etwa 1960) gab es zum einen nur recht wenige Vereine und zum anderen war es ein „teurer" Sport. Zur nächstgelegenen Platzanlage hätte ich mit dem Fahrrad für Hin- und Rückweg jeweils etwa eine halbe Stunde benötigt und meinen Eltern wären die Kosten für Ausrüstung, Aufnahmegebühr und Beitrag nicht leicht gefallen. Also spielte ich Tischtennis beim CVJM. Das kostete nichts und ich war in fünf Minuten „an der Platte". Außerdem spielte ich Basket-, Hand- und Volleyball. „Ballgefühl" hatte ich somit.

Zum Tennis kam ich durch „meinen" Arbeitgeber. Nach einem Jurastudium fand ich 1975 in Rheinberg am Niederrhein, etwa 25 km von Duisburg entfernt, eine Stelle beim belgischen Chemie- und Pharmakonzern *Solvay*, der weltweit über 40000, in Rheinberg über 2000 Menschen beschäftigte. Dort leistete er sich einen Tennisverein mit großem Clubhaus, Platzwart, sechs Sandplätzen und einem Hallenplatz. Das Clubhaus war ursprünglich eine „Villa für den Herrn Direktor". Riesige Räume, Stuckdecken und Edelholzfußböden machten immer noch einen vornehmen Eindruck. In der zweiten Etage hatte früher „Personal für die Direktorenfamilie" gewohnt. Bei einem „Generationswechsel" verzichtete der neue Direktor auf das Wohnrecht in der Villa und zog in ein moderneres Gebäude. Das Unternehmen hatte eine „Werkssiedlung" gebaut. In den neuen Häusern, etwa 150 Meter von der Tennisanlage entfernt, wohnten fast ausschließlich „Führungskräfte". Die Werksleitung wollte damit Ingenieure und Chemiker „in Werksnähe" wohnen haben, damit sie im Bedarfsfall auch außerhalb der Arbeitszeit schnell zum Einsatz kommen konnten. Als Jurist wurde ich bei Betriebsstörungen nicht so dringend benötigt; ich wohnte etwa fünf Kilometer vom Werk entfernt.

Irgendwann (lange vor meiner Zeit dort) machten sich Führungskräfte Gedanken darüber, wie man die Villa und das brach liegende Gartengrundstück sinnvoll nutzen könnte. Vermutlich gab es dabei mehrere Tennisfans. Der neue Werksleiter fand die Idee, der Belegschaft ein Angebot „für Sport und Förderung des Teamgeistes" zu machen, gut. Dementsprechend konnten aber nur Werks- und deren Familienangehörige Mitglied werden. Als ich 1975 eintrat, betrug der Jahresbeitrag 48 DM. Nein, ich habe keine „Null" vergessen; es waren tatsächlich nur 4,00 DM / Monat! Die Unterhaltskosten für die gesamte Anlage wurden von der Firma übernommen. In der 2. Etage der Villa wohnte nun das Platzwart-Ehepaar; es war bei der Firma beschäftigt. Für einen Tennisverein waren das also „traumhafte Zustände".

Allerdings gab es in dem Verein keinen offiziellen Trainer. Anfängern wurden die Grundschläge von erfahrenen Spielern bzw. Spielerinnen gezeigt. Von meinem Chef wurde mir jedoch nahegelegt, davon keinen Gebrauch zu machen, weil ich mich in meiner Funktion im Personalwesen „neutral" zu allen anderen Beschäftigten verhalten, also auch kein sportliches Vertrauensverhältnis begründen sollte. Da in dem Verein Mitglieder aus verschiedenen „Hierarchieebenen" der Firma spielten, gab es auch noch die Besonderheit, dass man sich im Club „siezte". Kolportiert wurde außerdem, im Spiel gegen den Werksleiter würden manche bewusst verlieren.

Nun, ich war jung (28), nicht etabliert, einen lockeren Umgang im Miteinander gewohnt und erpicht darauf, meinen Tennis-Kindheitstraum zu verwirklichen. Ich fand heraus, dass die Tochter des Platzwartes die beste Spielerin im Verein war. Da sie noch zur Schule ging, nicht in der Firma arbeitete, war das „Konfliktpotential zur Personalabteilung" also nicht gegeben. Meine „Trainerin" freute sich jedenfalls, durch meine Anfängerübungen das Taschengeld aufzustocken. Ich hatte dabei den Vorteil, dass die Übungsstunde viel preiswerter als bei einem professionellen Trainer war. Den Übungsschläger stellte mir die Trainerin auch noch zur Verfügung. Als wir nach der dritten „Vorhandstunde" feststellten, dass ich „Talent fürs Tennisspielen" hatte, kaufte ich den Schläger. So konnte sich meine Übungsleiterin selber wieder einen neuen Wunschschläger leisten.

2 Anfänger - Clubmeister

Mit nunmehr eigenem Schläger und ersten Erfahrungen mit der Vorhand nutzte ich fleißig die Übungswand. Da das außer mir kaum jemand machte, verbrachte ich damit reichlich Zeit. Der Platzwart stellte dabei fest: „So oft und lange hat, seitdem ich hier tätig bin, bisher keiner an der Wand geübt. Sie müssen ganz schön ehrgeizig sein, das Spiel in kurzer Zeit lernen zu wollen." Nach zwei weiteren Übungsstunden mit seiner Tochter kam die zu dem Ergebnis, mehr könnte sie mir bei der Vorhand nicht beibringen.

Bevor wir dann mit Rückhandtraining anfingen, fanden Clubmeisterschaften statt. Es wurden in der „offenen Klasse" drei Spielstärken unterschieden: „A" war für gute Spieler/innen, „B" für „Fortgeschrittene" und „C" für Anfänger/innen. Dazu zählten diejenigen, die im ersten und zweiten Tennisjahr waren. In dieser Gruppe gab es bei den Männern sieben Meldungen. Da wurde ich angesprochen, auch „C" zu melden, damit das 8-er-Feld komplett wäre. „Nein, das macht doch noch keinen Sinn. Ich habe erst vor sechs Wochen angefangen." „So viel wie Sie an der Ballwand geübt haben, bringen Sie schon mehr Anfängerkönnen als andere mit. Außerdem lernen Sie so Spieler kennen, mit denen Sie demnächst üben können. Sie sollen ja nicht immer nur gegen die Wand spielen." Okay, ich meldete und hatte Losglück, kam in der ersten Runde nicht sofort gegen einen „Gesetzten". Mein Gegner hatte vor etwa neun Monaten angefangen, Tennis zu spielen, vermutlich nur, um gesellschaftlichen Kontakt zu bekommen. Ich spielte tatsächlich schon besser als er. Das Ergebnis (6:2, 6:1) kommentierte der Platzwart: „Das habe ich mir in etwa so gedacht." „Da sieht man, wie gut Ihre Tochter als Trainerin ist." „Nee, Sie sind viel sportlicher und ehrgeiziger als Ihr Gegner."

In der zweiten Runde kam ich dann gegen den „an 2" Gesetzten. Er spielte seit fast zwei Jahren Tennis, war entsprechend auch deutlich spielstärker als ich – aber er hatte „Übergewicht" und keine gute Kondition. Zwar merkte er, dass ich „keine Rückhand" hatte, staunte jedoch mehr und mehr, wie es mir gelang, die Bälle auf der Rückhandseite zu umlaufen und mit der Vorhand zu spielen. Den ersten Satz gewann er mit 6:2, aber lange Ballwechsel machten ihm zusehends Schwierigkeiten. Ab Mitte des zweiten Satzes lief er nicht mehr viel – ich gewann zur allgemeinen und zu meiner Überraschung 7:5. Danach gab er sich auf. „Der läuft, läuft und läuft, ich kann schon seit 4:4 nicht mehr." Ich gewann dementsprechend den 3. Satz locker mit 6:2 und sorgte für Gesprächsstoff im Clubhaus.

Tja, mit sechs Wochen Tenniserfahrung stand ich schon in einem Endspiel! Gegner war dabei natürlich der „an 1" Gesetzte. Er spielte in dem Verein seit zwei Jahren und hatte bereits als Jugendlicher einen Schläger in der Hand gehabt. Als „Leiter der Werksfeuerwehr" war er sportlich fit; konditionell hatte ich also keinen Vorteil. Es stellte sich aber heraus, dass ich „mental" besser drauf war. Mein Sieg über „die Nummer 2" hatte meinen Gegner wohl reichlich verunsichert. Er wollte mich mit Schlagvarianten ausspielen, vermutlich auch anderen zeigen, wie man erfolgreich gegen Anfänger ist – das ging schief. Je mehr Bälle ich mit starker Vorhand brachte und viele seiner Bälle erlief, umso nervöser und verzweifelter wurde er. Seine Fehlerquote stieg und stieg. Ich gewann 6:4, 6:2 – toll!

Dieses völlig überraschende Erfolgserlebnis hatte, wie sich später herausstellte, einen ganz entscheidenden Nachteil: Ich verzichtete auf Rückhandtraining. Wozu sollte das gut sein? Ich gewann meine Spiele doch mit der Vorhand. Das bestätigte sich in den folgenden Wochen. „Nr. 1 und 2" der Clubmeisterschaften wollten Revanche haben, sie verloren wieder. Auch gegen andere Anfänger spielte ich erfolgreich. Das ging dann sogar soweit, dass ich bei den Clubmeisterschaften im nächsten Jahr in der „B-Runde" erneut ins Endspiel kam. Erst da fand ich meinen Meister, verlor jedoch ehrenhaft 4:6, 6:4, 3:6. Mein „kometenhafter Aufstieg" wurde an der Bar im Clubhaus weiterhin lebhaft erörtert.

Das Erreichen des B-Endspiels hatte zur Folge, dass ich im Folgejahr, also mit nur zwei Jahren Erfahrung, bei den Clubmeisterschaften schon „in A mit den Cracks" spielen musste. Da wurden mir meine Rückhanddefizite dann gleich im ersten Spiel (2:6, 1:6) sehr deutlich gemacht. Jetzt wäre es ja konsequent gewesen, endlich mit dem Rückhandtraining zu beginnen – aber das schaffte ich nun nicht mehr. Inzwischen war ich beruflich und familiär „etabliert". Nach „getaner Arbeit" (immer deutlich mehr als

40 Stunden/Woche) freuten sich meine Frau und unser einjähriger Sohn auf mich. Die Kondition, Rückhandbälle zu umlaufen, nahm kontinuierlich ab. Notgedrungen bemühte ich mich, die Rückhandbälle „irgendwie" übers Netz zu bringen. Ich tröstete mich: „Irgendwann, im Urlaub oder so, werde ich mal Zeit zum Training haben." Dieses Vorhaben machte ich auch tatsächlich wahr – 35 Jahre später als Rentner.

3   Erste Medenspielerfahrungen

In der Jahreshauptversammlung 1978 gab es für den Verein ein ganz besonderes Thema: Es sollte darüber abgestimmt werden, ob man zukünftig an Medenspielen teilnehmen wollte. Bisher hatte man ausschließlich untereinander gespielt; ein „Mannschaftsdenken" hatte es noch nicht gegeben. Nachbarvereine warben die besten Spieler/innen gerne für deren Meisterschaftsspiele an. Die positiven Schilderungen davon führten schließlich zu der Überlegung: „Können wir nicht selber Mannschaften melden?" Das Für und Wider wurde intensiv erörtert. Die Werksleitung hatte zuvor klargestellt, dass entstehende Mehrkosten (Fahrten, Bälle, Bewirtungen) nicht von der Firma übernommen würden. Sie legte auch großen Wert darauf, dass der Gedanke „Verein für Werksangehörige" uneingeschränkt erhalten bliebe. Ältere Clubmitglieder wiesen darauf hin, dass mit einem Mannschaftsgefüge das bisherige Gemeinschaftsdenken gefährdet würde. „Es wird Konkurrenzkampf und Neid geben. Für die Mannschaften und Meisterschaftsspiele müssen Plätze reserviert werden; das nimmt anderen für die bisher problemlose Platznutzung Zeiten weg." Dem wurde von Jüngeren entgegengehalten, es wäre auf Dauer recht langweilig, immer nur gegen dieselben Leute zu spielen. Man kenne Stärken und Schwächen der Clubmitglieder genau. Zum Sport und Vereinsleben gehöre aber der Wettkampf gegen andere. In den Mannschaften könne der Teamgeist noch intensiver als bisher gefördert werden. Mit guten Ergebnissen würden Mannschaften

Werbung für die Firma machen, vielleicht sogar Interesse an Arbeitsverhältnissen wecken. (Auch damals wurden Fachkräfte gesucht.) Bei der Abstimmung gab es schließlich eine Mehrheit für die Mannschaftsmeldungen. Dabei war jedoch ein ganz wesentlicher Punkt nicht berücksichtigt worden. An den Verbandsspielen durften laut Satzung nur „gemeinnützige Vereine" teilnehmen. Eine grundsätzliche Voraussetzung dafür war (und ist), dass „jede/r" Mitglied werden kann. Man konnte das zwar z.B. durch hohe Aufnahmebeiträge einschränkend beeinflussen, aber der Firmenverein war ja „prinzipiell" für Außenstehende nicht zugelassen. Die Anfrage nach einer Ausnahmegenehmigung wurde vom Verband negativ beschieden. Da war juristischer, also mein Rat gefordert. Die Lösung lautete: „Es wird ein neuer Verein gegründet, der die Anlagen des Firmenvereins nutzt, laut Satzung für alle zugänglich ist, für den wegen der Platzkapazität aber ab sofort ein Aufnahmestopp gilt." Mit dem Verband und der Aufsichtsbehörde wurde geklärt, dass ein so begründeter Aufnahmestopp die Gemeinnützigkeit nicht beeinträchtigte. Um die Form zu wahren, wurde für den „Zweitverein" ein eigener Vorstand gewählt, der sich wegen der Platzbelegungen mit dem Vorstand des „Erstvereins" abzustimmen hatte. Etwas aufwendig war dann, dass die Jahreshauptversammlungen für beide Vereine getrennt durchgeführt werden mussten.

Als die Mannschaften nominiert werden sollten, gab es, allerdings auf recht niedrigem Niveau, den von einigen befürchteten Konkurrenzkampf: „Wie bitte, ich soll nur in der Zweiten, der X. in der Ersten spielen? Ich habe doch letztens etliche Male gegen den X. gewonnen." Mit „ich" war dabei nicht ich gemeint, sondern irgendjemand. Der Sportwart argumentierte: „In der Ersten wärest Du an 5 oder 6, in der Zweiten spielst Du an 1. Da benötigen wir auch starke Spieler und an 1 bekommst Du bessere Gegner als an 5 oder 6 in der Ersten." Diese Schmeichelei überzeugte. Bei mir ergab sich die Frage, ob ich an 1 oder 2 in der dritten Mannschaft eingesetzt werden sollte. Einem Kameraden war die „1" wichtig, mir war „2" sogar lieber, also hatte der Sportwart mit uns kein Problem. Der Verein startete dann das „Medenspielabenteuer" mit drei Herren-, einer Senioren- und einer Damenmannschaft.

Verständlicherweise waren vor dem ersten Medenspiel alle reichlich nervös. In der 3. Herrenmannschaft waren wir ziemlich optimistisch, als die Gruppengegner bekannt wurden. Wir hatten als erstes ein Heimspiel gegen die 6. Mannschaft des TC Viersen. „Ha, sechste Mannschaft, das können doch nur Hobbyspieler sein – die putzen wir weg!" Diese Vermutung nahm zu, als wir sahen, dass die Gegner keine Jungspunde, sondern alle schon „im fortgeschrittenen Alter" (wie ich mit meinen inzwischen 32 Jahren) waren. Nun, dann wurden wir „weggeputzt"; mein 2:6, 2:6 war für unsere Mannschaft noch das beste Ergebnis. Unsere Gegner lieferten anschließend dafür die Erklärung: „Wir haben in der vergangenen Saison in der Verbandsliga gespielt. (Anm.: Das war 5 Klassen höher.) Wir haben im Verein eine ganz starke Jugendmannschaft, die nun als Herrenmannschaft gerne zusammenbleiben möchte. Die Jungs spielen an unserer Stelle in der Verbandsliga. Wir wollen unsere anderen Mannschaften aber nicht nach hinten verdrängen, deshalb fangen wir als neue sechste Mannschaft ganz unten an." „Ihr hättet einen Antrag auf höhere Eingruppierung stellen können. Unsere erste und zweite Mannschaft sind auf Antrag höher eingestuft worden." „Den Antrag hat unser Sportwart leider verschusselt. Das ist jedoch nicht schlimm. Wir werden versuchen, dreimal nacheinander aufzusteigen, dann gemeinsam zu den Jungsenioren wechseln und dabei den Antrag auf höhere Einstufung stellen." In dem Jahr jedenfalls gewann Viersen VI alle Spiele locker mit 9:0 – und wir hatten gelernt, dass man selbst eine 6. Mannschaft keinesfalls unterschätzen sollte.

Im dritten Spiel, unserem zweiten Heimspiel, bekam ich eine weitere Lernlektion. Die beiden ersten Sätze verliefen ausgeglichen – 4:6, 6:4. Bei 1:0 im 3. Satz fing es an zu regnen, Nieselregen, also blöde, weil wir beide Brillenträger waren, aber zu wenig, um das Spiel zu unterbrechen. Beim Seitenwechsel setzte mein Gegner eine Schirmmütze auf. Ich dachte: „Nun dreht er durch, Sonnenschutz bei Regen!?" Mir fiel nicht auf, dass ich dauernd meine Brillengläser trocken reiben musste, er hingegen nicht. Ich verlor 3:6. Beim Händeschütteln meinte mein Gegner schmunzelnd: „Tja, meine Brille ist Dank der Schirmmütze trocken und klar geblieben." Aha, so eine Mütze hilft nicht nur gegen Sonnenblendung, sondern auch gegen Regentropfen.

Unsere erste Medensaison endete 3:3; damit waren wir ganz zufrieden. Die 1. Mannschaft schaffte gleich den

Aufstieg, die Zweite hielt sich mit 4:2 ordentlich, die Senioren stiegen auch sofort auf und die Damen wurden mit 5:1 Gruppenzweite. Na, das war doch ein gelungener Start für den Club.

Einige Male hatte es allerdings Diskussionen mit Nicht-Medenspielern gegeben, weil Plätze für Mannschaften reserviert waren. „Das hat es früher nicht gegeben! Wir zahlen denselben Beitrag und sollen jetzt nicht spielen!?" „Das ist doch alles in der Jahreshauptversammlung erörtert worden. Da sind Sie wohl nicht gewesen?" „Wenn das nicht wieder geändert wird, treten wir aus dem Verein aus. Kennt der Werksleiter denn diese neue Regelung?" „Ja, er findet die Idee, so für die Firma Werbung zu machen, gut." „Und wann wird dann ein Fußballverein gegründet?" Nun, das war für die Firma überhaupt kein Thema.

4 Forderungsspiele

Auf Basis der guten Ergebnisse in der ersten Saison nahm das Interesse an den Medenspielen zu, auch das Gerangel, wer denn in welcher Mannschaft spielen durfte. Dem begegnete der Sportwart mit der Einführung einer „Rangliste" und den Regeln für Forderungsspiele. Dabei wurde u.a. festgelegt, dass „Neue sich auf 6, 12 oder ganz am Ende" einfordern konnten. Wer fordern wollte, musste sich mit dem Gegner in Verbindung setzen und das Spiel in eine Liste eintragen, die im Clubhaus lag. Das Spiel musste innerhalb von 7 Tagen stattfinden. Wer ohne triftigen Grund (z.B. Dienstreise, Urlaub, Krankheit) nicht antrat, hatte das Spiel verloren. Rückforderungen waren nach vier Wochen möglich. Ich wurde in der Rangliste auf 14 gesetzt. Das fand ich ganz in Ordnung, hatte dabei allerdings das Problem, dass ich eventuell gegen den an 11- oder 12-, aber wohl nicht gegen den an 13-Gesetzten gewinnen konnte. Dessen „Weichspiel bis zur T-Linie" lag mir überhaupt nicht. Eine Chance, in der Rangliste weiter nach oben zu kommen, hatte ich wahrscheinlich nur, falls der Dreizehner gegen 12 und 11 spielen und siegen würde. Den Gefallen tat mir die Nr. 13 jedoch nicht. Wir rutschten stattdessen jeweils noch einen Platz nach unten, weil sich auf 6 ein Sechzehnjähriger einforderte und glatt gewann. Er war im Verein „einer der großen Hoffnungsträger", hatte bereits mehrere Jugendtitel errungen und marschierte in der Rangliste bald auch schon bis auf Platz 2 weiter.

Ich hatte längere Zeit mit Forderungsspielen nichts zu tun, musste dann aber zweimal innerhalb einer Woche spielen, beide Male gegen Neue, die im Clubhaus für reichlich Gesprächsstoff sorgten. Der eine spielte richtig gut Tennis und wollte auch gleich zur 1. Mannschaft gehören. Er forderte sich auf 6 ein. Dabei beging er den Fehler, gegen den Sechzehnjährigen spielen zu müssen, ohne sich über dessen Spielstärke informiert zu haben. Nach 4:6, 2:6 kannte er sie. Danach wollte er sich von 12 aus zügig hocharbeiten. Die 12 stöhnte vor Spielbeginn über Verletzungen, Schmerzen, fehlende Spielpraxis und laberte den Neuen auch bei Seitenwechseln voll. Der ließ sich einlullen und bekam erst viel zu spät mit, dass er die 12 nicht ernst genug genommen hatte. Über das 6:4, 7:5 der Nr. 12 amüsierten sich viele. So blieb dem Neuen nichts anderes übrig, als sich nun ganz am Ende einzufordern. Er gab aber sein Ziel, in der 1. Mannschaft spielen zu wollen, nicht auf. Fast jeden Tag stand er mit Forderungsspielen auf dem Platz. An den Wochenenden verabredete er sich manchmal sogar für mehrere Spiele nacheinander. Ich war dann an einem Mittwoch „dran". Das 6:3, 6:3 gegen mich war auf seinem Weg nach oben der bisher knappste Sieg. Den vor mir stehenden „Weichspieler" fertigte er mit vielen Stopp-Bällen 6:1, 6:1 ab. („Aha, so macht man das, aber ich kann keine Stoppbälle.") Danach folgte wieder ein 6:3, 6:3, was mich in der Annahme bestärkte, gegen die 13 bzw. nun neue 14 selber durchaus auch eine Chance zu haben. Bevor ich mir aber darüber intensivere Gedanken machen konnte, musste ich meinen Platz (jetzt 16) erst mal gegen den zweiten Neuen verteidigen. Der hatte sich ebenfalls vom Letzten der Setzliste aus nach vorne gefordert. Allerdings war seine Spielweise überhaupt nicht mit der des anderen vergleichbar. Er war Anfang Fünfzig und wollte „nur zum Spaß", nicht in einer Mannschaft spielen. Er hatte seine bisherigen Forderungsspiele mit „ekligem Hochspiel" gewonnen. Er brachte die Bälle so lange hoch zurück, bis der Gegner entnervt Fehler machte. Viele äußerten: „Nee, das hat mir nicht gefallen, da habe ich draufgehauen, um schnell fertig zu werden." Mir gefiel diese Hochspielerei genau so wenig, aber ich machte sie mit. Er konnte das natürlich besser, ich war jedoch zwanzig Jahre jünger und konditionell im Vorteil. Nach über drei Stunden hatte ich ihn mit 4:6, 7:5, 6:3 „niedergerungen". Kommentare dazu lauteten danach: „Was haben Sie sich denn da angetan? Das Spiel konnte man nun wirklich nicht lange mit ansehen, grauenhaft! Glückwunsch, die Nerven dazu hätte ich nicht." Es wäre vielleicht auch besser gewesen, das Spiel zu verlieren – denn von nun an stand der Hochspieler in der Rangliste hinter mir. Gegen ihn wollte keiner ein Forderungsspiel machen, also forderte er von nun an dauernd mich, einmal zum Saisonbeginn, einmal zum Saisonende. Jovial informierte er mich jeweils: „Ich habe unser Spiel wieder in die Liste eingetragen."

Vor mir ein Weich-, hinter mir ein Hochspieler, das war für mich gar nicht gut, da musste ich mir etwas einfallen lassen. Zufällig fand ich in einem Tennismagazin einen interessanten Bericht über verschiedene Systeme bei Forderungsspielen. Recht positiv bewertet wurde dabei ein „Tannenbaumsystem":

1
2 3
4 5 6
7 8 9 10
11 12 13 14 15
16 17 18 19 20 21
usw.

Das machte ich dem Sportwart und zahlreichen Spielern schmackhaft: „Man kann in seiner und auch der davor stehenden Reihe den Forderungsgegner aussuchen, hat also viel mehr Chancen." Ich (auf 16) könnte danach alle von 11 bis 15 fordern. Die Stagnation (z.B. 15 spielte nicht gegen 14, 17 konnte nicht gegen 16 gewinnen) würde aufgehoben; es käme „Bewegung ins Feld." Schnell fand sich für diese Form der Forderungsliste eine Mehrheit – und ich konnte endlich mein Glück gegen die 14 versuchen; da hatte ich doch ursprünglich schon gestanden. Das Spiel dauerte wieder über drei Stunden. Mit 5:7, 7:6, 7:5 eroberte ich mir die Position – und damit zugleich den Aufstieg in 2. Mannschaft; denn 1 bis 8 wurden für die Erste, 9 bis 16 für die Zweite nominiert. „Mehr als 6" für eine Mannschaft zu melden, sollte Diskussionen darüber vermeiden, ob Nr. 1 und 2 der nächsten Mannschaft bei Bedarf an die höher spielende Mannschaft abgegeben werden müsste.

Übrigens, eine alte Tennisweisheit besagt: Wenn einer kommt und sagt, er spiele „nur zum Spaß", ist ihm auch sonst nicht zu trauen!

5 Mannschaftsführer

In der nächsten Saison kam ich in der 2. Mannschaft an 4, 5 und 6 zum Einsatz, hatte dabei aber noch eine besondere Verantwortung. Ich hatte mich nicht nur für das „Tannenbaumsystem" eingesetzt, sondern auch bei der Jahreshauptversammlung kritisch fragend zu Wort gemeldet. Wer sich so auffällig engagiert, wird entweder sofort in den Vorstand oder aber zumindest zum Mannschaftsführer gewählt. Vorstandswahlen fanden in dem Jahr allerdings nicht statt. Für die Funktion als Mannschaftsführer brachte ich außerdem noch den Vorteil mit, bei meiner Funktion im Werk ein Sekretariat zu haben, das hin und wieder auch für den Tennisclub organisatorische Hilfestellungen erbringen konnte. Das war dann arbeitsrechtlich „nichts Illegales"; denn es war ja ein Firmenverein. Meine Sekretärin erstellte mir zum Beispiel eine Liste mit den dienstlichen und privaten Telefonnummern der Mannschaftskollegen. Sie nahm auch „Tennisanrufe" für mich entgegen, wenn ich in einer Besprechung oder nicht im Büro war. Dann bekam ich z.B. gesagt: „Herr X. hat angerufen; er kann am Sonntag nicht spielen. Ich habe schon mit Herrn Y. gesprochen, ob er einspringen kann. Er klärt das zu Hause und sagt nachher Bescheid." Ja, ja, als Mannschaftsführer eine Sekretärin zu haben, hat schon so seine Vorteile. Manche Mannschaftsführer-Ehefrau wird das bestätigen können.

Ich profitierte gleich beim zweiten Saisonspiel von der Telefonliste. Wir hatten sonntags um 09:00 Uhr ein

Auswärtsspiel, im Nachbarort, etwa 15 Minuten Fahrzeit. „Wir treffen uns um 08:15 Uhr am Clubhaus", gab ich vor. Um 08:10 Uhr waren wir zu Fünft dort, es fehlte noch unsere Nr. 1. Da bekam ich zu hören: „Der kommt nicht. Der hat sich gestern Abend beim Volleyball den rechten Arm verstaucht oder geprellt oder gebrochen. Der kann nicht spielen." Meine Gesichtszüge entgleisten, meine Mannschaftsführergehirnzellen begannen rasend zu arbeiten. Sie kamen zu dem Ergebnis: „Der muss mit! An 1 wird heute sowieso verloren, aber auf 5 und 6 können wir gewinnen, die Punkte müssen wir retten – also anrufen!" Handys gab es damals noch längst nicht, aber im Clubhaus ein Telefon. Ich bimmelte den Kameraden aus dem Bett, erklärte ihm die Situation und forderte: „Springen Sie in die Tennissachen, kommen zu den Plätzen und sagen dort, Sie wollen zu spielen versuchen. Sie müssen aber vor 09:00 Uhr am Platz sein!" Zu fünft waren wir dann pünktlich dort. Dem Mannschaftsführer sagte ich: „Unsere Nr. 1 hat verpennt, aber der kommt, der ist unterwegs. Ich nehme an, Ihr seid einverstanden, dass er noch spielen kann, zumal er ja erst in der zweiten Rund dran ist." „Klar, das Problem kennen wir doch alle. Wenn er bis 09:00 Uhr hier ist, geht das in Ordnung." Er traf um 08:56 Uhr ein, in Sportzeug, aber mit von oben bis unten verbundenem rechten Arm." Leutselig fragte ich ihn: „Was ist denn mit Ihnen passiert?" „Ich bin gestern Abend beim Volleyball auf den Arm gestürzt, werde morgen früh beim Werksarzt mal untersuchen lassen, was verletzt ist." „Können Sie denn spielen?" „Ich will es zumindest versuchen." Das Gespräch wurde so laut geführt, dass die Gegner es mitbekamen. Ich sagte: „Lass uns mit 2, 4, 6 mal erst anfangen, danach sehen wir, was der Arm macht." Man konnte den Gegnern anmerken, dass sie sich über den sicheren Punkt an 1 schon freuten und sich auch einen Doppelpunkt gedanklich bereits gutschrieben. Als es dann nach den ersten drei Einzeln 1:2 gegen sie stand, war ihre Welt noch in Ordnung; denn mit dem zu erwartenden Sieg auf 1 stand es ja eigentlich schon 2:2. Ich sprach den Mannschaftsführer und deren Nr. 1 an: „Mir ist der Spielversuch mit dem Arm eigentlich zu riskant. Seid Ihr einverstanden, dass wir das Spiel mit 6:0, 6:0 für Euch eintragen, ohne dass unser Mann auf den Platz geht?" Das wurde abgenickt. Als unsere Nr. 3 und ich auf 5 die Einzel gewannen, so dass es 4:2 für uns stand, fingen die Gegner an, nervös zu werden. „Ihr stellt jetzt Eure 1 aber nicht auch noch im Doppel auf?" fragte mich der Mannschaftsführer, dem inzwischen unsere Taktik wohl klar geworden war. „Nein, wir spielen nur zwei Doppel. Das dritte Doppel kann schon mit 6:0, 6:0 für Euch eingetragen werden." Es begannen die taktischen Überlegungen für die Doppelaufstellungen. Beide Teams hielten so weiten Abstand, dass man gegenseitig nicht hören konnte, was besprochen wurde. Bei uns trug ich vor: „Die müssen beide Doppel gewinnen, wir ja nur noch eins. Die können zwar ihre vier stärksten Spieler einsetzen, dabei aber nicht riskieren 1 und 2 zusammen spielen zu lassen. Vermutlich gehen sie davon aus, dass wir das 2. Doppel stark machen, um damit den einen Punkt zu holen. Dementsprechend erwarte ich, dass sie 2 und 3 ins erste, 1 und 4 ins zweite Doppel nehmen. Wir rutschen jetzt ja alle eins nach oben. Ich schlage vor, wir spielen dann auch 1 und 4, 2 und 3, aber genau in anderer

Reihenfolge, also 1 und 4 im ersten Doppel. Das ist unsere Chance. Wenn wir doch beide Doppel verlieren, haben wir aber versucht, alles richtig zu machen." Alle stimmten meinen Überlegungen zu. Mir war dabei klar, dass ich als die Doppel-Nr. 4 besonders gefordert sein würde. Die Gegner würden sich vermutlich sagen: „Das ist doch eigentlich nur deren Nr. 6, also immer auf den spielen!" Sie wussten nicht, dass ich, auf Vorhandseite stehend, ein guter Doppelspieler war, besser als im Einzel spielte. Als die Doppel eingetragen wurden, fand ich meine Überlegungen voll bestätigt; die Gegner spielten mit 2 und 3 im ersten Doppel. Es stellte sich dann recht bald heraus, dass unser zweites Doppel chancenlos war. Die 1 der Gegner war dominant, zumal er ja zuvor kein Einzel gespielt hatte und „frisch" war. Das Doppel ging für uns recht zügig 3:6, 2:6 verloren. Die Entscheidung über den Sieg fiel somit im ersten Doppel. Und wieder hatte ich Recht – es wurde zunächst sehr viel auf mich gespielt. Bevor die Gegner merkten, dass das die falsche Taktik war, hatten wir den ersten Satz schon mit 6:3 gewonnen. Damit stieg natürlich der Druck bei den Gegnern. Zwar verlief der zweite Satz ausgeglichener, aber die Nummer 2 wollte „zu viel" machen und produzierte unnötige Fehler. Wir gewannen schließlich 7:5 und freuten uns „wie die Schneekönige". Beim Essen allerdings kippte dann die Stimmung. Unsere Gegner waren sauer über das 4:5 trotz zwei geschenkter Punkte. „Mit der Spielbereitschaft Eurer Nummer 1 habt Ihr uns ganz schön fies ausgetrickst. Er kommt zu spät und ist eigentlich gar nicht spielbereit."
„Moment, die Verspätung habt Ihr voll akzeptiert und unser Mann war ja durchaus bereit, auf den Platz zu

gehen. Vielleicht wäre Eure Eins ja beim Einschlagen umgeknickt oder es wäre sonst was passiert. Jetzt ist es müßig, darüber zu lamentieren, wie das heute gelaufen ist." Nun, es wurde kein Bier mehr zusammen getrunken und die Verabschiedung fiel nicht herzlich aus. - Zwei Wochen später kam der Sportwart zu mir: „Die haben beim Verband offiziell Protest gegen die Wertung des Spiels eingelegt." Ich stellte klar: „Keine Sorge, die haben auf dem Spielberichtsbogen keinerlei Vermerk notiert; der Spielbericht ist ohne irgendeinen Kommentar von den Mannschaftsführern unterschrieben worden, damit gilt der Spielverlauf von beiden als genehmigt." Das entschied der Verband ein paar Wochen später genauso. Unsere Gegner hatten damit nicht nur 4:5 verloren, sondern mussten auch noch die Verfahrensgebühren tragen. Na ja, natürlich konnte ich nachvollziehen, dass sie sauer auf mich waren, aber „meine" Jungs fanden den Sieg prima.

Bei meinen Spielen auf 4, 5 und 6 in der zweiten gewann ich mehr Einzel als im Vorjahr an 1 und 2 in der dritten Mannschaft. Weniger erfreulich war, dass mich der „Hochspieler" weiterhin zu Saisonbeginn und –ende forderte, trotz des Tannenbaumsystems. Ich überlegte, ob ich ihn mal gewinnen lassen sollte, damit er Ruhe gäbe, aber sobald ich auf dem Platz stand, war mein sportlicher Ehrgeiz zu groß.

6   Meine Frau lernt Tennis

Weitaus mehr Probleme bereiteten mir zunehmend Schmerzen an der Achillessehne. Beim letzten Spiel in einer Saison war sie dick geschwollen und ich konnte mich nur noch humpelnd bewegen. Ausgerechnet an dem Termin hatte ich für die Mannschaft gerade mal sechs Spieler zur Verfügung, mich eingeschlossen. Eigentlich machte es keinen Sinn, auf den Platz zu gehen, aber zum einen sollten 5 und 6 nicht hochrücken müssen und zum anderen könnte dem Gegner während des Spiels doch was passieren, umknicken, stürzen oder so etwas. Diese fiese Überlegung bewahrheitete sich erfreulicherweise nicht, aber mein Gegner hatte dann ein ganz anderes Problem - er kam mit meiner Verletzung nicht klar. Schnell hatte er natürlich gemerkt, dass ich nicht laufen konnte. Da versuchte er ständig Stopps zu spielen - die konnte er aber nicht. Bei fast allen Versuchen machte er Fehler. Er stellte die Spielweise um und versuchte „lang hinten rein" zu spielen – die Bälle gingen aus. Er wurde immer unruhiger und verzweifelter, machte noch mehr Fehler. Als ich 6:4, 6:4 gewonnen hatte, konnten wir beide nicht glauben, wie das möglich gewesen war. Insgesamt stand es nach den Einzeln sogar 5:1. Da konnte ich getrost auf das Doppel verzichten; wir gewannen glatt 7:2. Mein „Humpelsieg" wurde an der Theke im Clubhaus noch ausgiebig erörtert. Das Fazit lautete: „Da kann man mal wieder sehen, was beim Tennis alles möglich ist!"

Am Montag humpelte ich vom Büro zum Werksarzt. Nachdem er die reichlich geschwollene Achillessehne begutachtet hatte, sagte er: „Es gibt zwei Möglichkeiten. Entweder Sie spielen damit jetzt weiter, bis sie reißt oder Sie machen mal vier bis sechs Wochen Pause, damit die Sehne sich erholen und heilen kann." Nun ja, die erste Alternative fand ich nicht so gut, die zweite zwar auch nicht, aber doch noch wesentlich besser als den angedrohten Riss. Na, die Medenspiele waren beendet und bei den anstehenden Clubmeisterschaften hatte ich in der A-Gruppe gegen die Cracks der 1. Mannschaft eh keine Chancen. Ich entschied mich für die Tennispause. Tatsächlich war ich nach vier Wochen schmerzfrei. Der Doc meinte: „Jetzt aber noch nicht wieder voll belasten, sondern vorsichtig anfangen. Ich schlage Ihnen vor, mal erst mit Joggen was für die Kondition zu tun." Joggen? Ich sollte mir dieses langsame Dahintraben antun? Als ich das zu Hause erzählte, war Angelika, meine Frau, sofort hellauf begeistert: „Ja, das machen wir! Ich muss auch was für meine Kondition tun." Nun, nach Geburt unseres zweiten Sohnes wurde sie mit „Kinderbetreuung, Haus und Garten" eigentlich schon „auf Trab gehalten". Sie fand die Idee, Joggen als Ausgleichsport zu testen, aber prima. Ich ließ mich überreden, mit ihr zum Stadion zu fahren und dort „ein paar Runden" zu laufen. Angelika machte das, wie es sich fürs Joggen wohl gehört, schön gleichmäßig mit wenig Tempo. Das war mir zu blöde. Ich spurtete etwa 200 Meter, ging 50 Meter und spurtete bis zum Zielstrich. Na bitte, das ging doch, ohne dass die Achillessehne aufmuckte. Während ich verschnaufte und der Ansicht war: „Das war's!" trabte meine Frau locker an mir vorbei. Na gut, da machte ich eben noch eine Runde Intervalltraining. Angelika hatte weiterhin keine Lust zum Aufhören; sie schaffte auf Anhieb fünf Joggingrunden und strahlte: „Ja, das ist es, das tut mir richtig gut, das Pensum steigere ich in den nächsten Wochen noch." Ich ging stattdessen in der nächsten Woche wieder auf den Tennisplatz.

Irgendwie beeindruckten oder verunsicherten mich dann ihre Meldungen der nächsten Zeit: „Ich bin heute 3000 – 4000 – 6000 – 8000 Meter gelaufen." Da hatte ich eine Idee: „Was hältst Du davon, auch Tennis zu spielen?" „Och, fit genug bin ich dafür jetzt sicherlich, aber wie soll das mit den Kindern gehen?" „Hinter der Ballwand ist ein Spielplatz mit großem Sandkasten, Klettergerüst und drei Schaukeln. Da passen immer irgendwelche Mütter oder Omas auf die Kinder auf. Bei Bedarf musst Du dann eben auch mal eine Stunde Kindermutti für alle Kleinen sein. So lernst Du nicht nur andere Mütter, sondern zugleich Tennisanfängerinnen kennen, mit denen Du dann über Erziehungsprobleme und Tennisfragen fachsimpeln kannst; das passt schon." „Soll ich auch mit Deiner damaligen Trainerin üben?" „Die hat inzwischen Abi gemacht, studiert und ist nur noch am Wochenende zu Hause. Um zu testen, ob es Dir überhaupt gefällt, kann ich Dir Bälle zuspielen. Ich kann Dir auch zeigen, wie man die Vorhand spielt. Für Rückhand und andere Feinheiten finden wir dann jemanden, der Dir das gut beibringen kann."

Es stellte sich schnell heraus, dass Angelika interessiert, talentiert und ebenso ehrgeizig wie ich war. Die von mir gezeigte Vorhand wurde fleißig an der Ballwand geübt. Eine „Sandkastenmutti" gab den Tipp: „Ich trainiere mit Frau B., die ist hier im Verein die beliebteste Trainerin." Frau B. war Witwe, verbrachte viele Stunden auf dem Tennisplatz, hatte eindeutig viel zu viel Übergewicht, rauchte „Kette", trank mehr Bier als mancher Mann, konnte dementsprechend nicht mehr viel oder schnell laufen, stand aber wie ein Fels in der Brandung auf dem Platz und konnte jungen Frauen erfolgreich Tennis beibringen. Als ich sie fragte, ob sie Angelika trainieren würde, sagte sie: „Klar, ich habe Ihnen beim Training doch schon zugesehen. Ihre Frau hat zweifelsfrei viel Talent. Das mache ich gerne." Nach einigen Übungseinheiten konnte Angelika aufschlagen, war ihre Vorhand noch weiter verbessert und die Rückhand technisch sauber; insbesondere den Slice spielte sie lehrbuchmäßig. Frau B. stellte fest: „So, die Grundlagen sind vorhanden. Das ist wie beim Autofahren – so richtig lernt man es durch üben, üben, üben. Das liegt nun an Ihnen, was Sie daraus machen." Zum einen spielte ich an den Wochenenden mit meiner Frau, zum anderen fand sich am Kinderspielplatz des Vereins ein Damentrio, das „menschlich und von der Spielstärke her" harmonierte. Meine Frau war nun öfter als ich auf dem Tennisplatz.

Wegen unserer zwei kleinen Söhne wollte sie aber nicht oder noch nicht in einer Mannschaft spielen. „Nee, das wird mir mit den Auswärtsspielen dann zu stressig. Außerdem bin ich nicht gut genug für Medenspiele." Da sie jetzt aber „Spielverständnis" hatte, konnte sie mich bei den Heimspielen coachen. Am meisten bekam ich dabei zu hören: „Du musst mehr in die Knie gehen!" Wenn es bei mir mal nicht so richtig lief, bekam ich aufmunternde Worte: „Denk an Deine Vorhandstärke. Zieh besser durch. Du schaffst das noch!" Leider halfen diese gut gemeinten und sicherlich richtigen Tipps nicht immer – weil ich sie nicht immer beherzigte.

7   Der Sportwart hat neue Ideen

Zur Wintersaison änderte sich bei mir einiges. Zum einen war meine Frau inzwischen so gut drauf, dass wir ein Hallenstundenabonnement buchten und die Zeit für gegenseitiges Training nutzten. Zum anderen wurde ich vom Sportwart gefragt, ob ich Lust hätte, mit ihm sonntags von 07:30 bis 09:00 Uhr in der Halle zu spielen. Wie bitte, sonntags um 07:30 Uhr? Der Sportwart war notorischer Frühaufsteher und hatte diese komische Zeit seit drei Jahren mit einem anderen Frühaufsteher gebucht. Sein Partner war nun aber innerhalb des Unternehmens zu einem anderen Standort versetzt worden. Im Club gab es verständlicherweise kaum jemanden, der zu dieser Zeit am Sonntag spielen wollte. Ich wurde gefragt, weil ich nur 250 Meter vom Sportwart entfernt wohnte und sich eine „Fahrgemeinschaft" anbot. Das Angebot war für mich reizvoll, weil der Sportwart viel besser als ich spielte. Er war zwar zehn Jahre älter, aber „fit wie ein Turnschuh". Vor seiner Tenniskarriere hatte er in der Regionalliga Hockey gespielt. Er lief mehrmals in der Woche 10000 Meter oder fuhr zwei Stunden mit einem Rennrad. Ich nahm mir „einen Tag Bedenkzeit" und stimmte mich mit Angelika ab. Sie meinte: „Das ist die Chance für Dich! Von dem Spielen kannst Du doch nur profitieren. Ich weiß ja, dass Du sonntags eigentlich gerne länger schlafen möchtest, aber gegen 07:00 Uhr melden sich zurzeit sowieso unsere Söhne. Klar, bisher habe ich mich um sie gekümmert, damit Du Deine Ruhe hast, aber für den Sport bist Du doch immer bereit, Opfer zu bringen. Mach das jetzt in dieser Hallensaison. Danach kannst Du ja neu entscheiden, ob Du Dir das im nächsten Jahr weiterhin antun möchtest." Es war erstaunlich, wie munter ich Morgenmuffel von da an sonntags ab 07:30 Uhr war. Und tatsächlich verbesserte sich mein Tennisniveau im Laufe dieser Wintersaison. Der Sportwart spielte nicht nur gutes, sondern auch „ganz sauberes" Tennis. Die Stunden mit ihm waren für mich eigentlich kostenlose Trainingseinheiten. Davon wiederum profitierte Angelika, indem ich ihr in unserer Stunde die Bälle besser als zuvor zuspielen konnte. Da sie außerdem mit den Partnerinnen der Sommersaison in der Halle spielte, machte auch ihre Form deutliche Fortschritte. Ich stellte fest: „Im Sommer kannst Du Dich in die Rangliste bei den Frauen einfordern."

Der Sportwart hatte eine andere Idee: „Wir machen eine zweite Damenmannschaft auf, ganz überwiegend mit sechzehn-, siebzehnjährigen Mädchen und mit Deiner Frau als Mutter der Kompanie." Haben Sie gerade kurz gestutzt? Nun, ich meine, weil der Sportwart mich geduzt hatte? Wenn wir Sonntagmorgens zusammen fuhren, spielten und duschten, außerdem fast Nachbarn waren, da konnten wir uns auf Dauer doch nicht mehr siezen. Oft waren unsere Spieler von anderen Mannschaften auf dieses „Siezen" im Verein angesprochen worden. Ich erinnerte mich dabei an eine ähnliche Situation bei der Bundeswehr. Der Kompaniechef hatte mich einmal als Fahnenjunker angewiesen: „Sie sind jetzt Vorgesetzter; Sie haben darauf zu achten, dass Ihre Leute Sie siezen!" Damals, das war schon über zehn Jahre her, hatte ich das

Problem gelöst, indem mich meine Männer nur siezten, wenn ein anderer Vorgesetzter in der Nähe war. Das hatte prima funktioniert. Entsprechend hatte ich dem Sportwart und meinen Mannschaftskameraden vorgeschlagen: „Auf dem Platz sind wir per Du, bei der Arbeit per Sie." Das war zwar immer noch eine recht merkwürdige Regelung, aber doch viel besser als die „Sie-Regelung" im Verein. Es war ja auch zum Beispiel im Doppel sinnvoller zu rufen: „Du!" oder „Komm!" statt: „Der ist für Sie!" oder „Würden Sie den bitte nehmen?"

Zurück zum Tennisgeschehen: Angelika war „hin- und hergerissen" von der Idee, nun auch an Medenspielen teilzunehmen. „Dann sind wir ja beide im Einsatz. Wie soll das denn mit unseren Kindern gehen?" „Ach, das kriegen wir irgendwie geregelt. Wer von uns beiden ein Heimspiel hat, nimmt die Kurzen mit zum Platz. Und sollten wir beide ein Auswärtsspiel haben, dann bitten wir eine der anderen Tennismütter, sich einige Stunden um unsere Kinder zu kümmern. Das ist so im Club wohl üblich. Es sind bestimmt schon etliche Kinder auf dem Tennisplatz groß geworden." Als unsere Eltern von den Überlegungen erfuhren, waren sie davon natürlich nicht besonders angetan: „Ist Euch der Sport wichtiger als Eure Kinder?" Immerhin wurde uns von meinen Eltern angeboten: „Wenn Ihr niemanden für die Kinder habt, können wir ja auf sie aufpassen. Dann müsst Ihr aber rechtzeitig vorher den Termin mit uns abstimmen." Meine Eltern wohnten etwa eine Autostunde entfernt. Angelikas Eltern kamen als „Aufsichtsgroßeltern" nicht in Betracht, da sie 600 km weit weg wohnten.

Wir entschieden uns „für die sportliche Lösung", wiesen unsere Mannschaften aber vorsorglich darauf hin, dass wir wegen der Kinderpflichten eventuell mal bei einem Spiel ausfallen könnten. Uns wurde aber von allen Seiten gut zugeredet: „Das Problem kennen wir hier doch, das haben wir bisher immer irgendwie geregelt bekommen."

Um Angelikas inzwischen erreichte Spielstärke im Vergleich zu den Mädchen in der vorgesehenen neuen Damenmannschaft richtig einschätzen zu können, spielte der Sportwart zunächst einmal eine Stunde mit ihr. Dann verabredete er sich mit seiner Frau und uns zu einem Mixed. Sie war im Verein eine der besten Spielerinnen, spielte mit mir, er mit Angelika. Das „passte" – es machte allen Vieren Spaß, zumal wir dabei gemeinsam über Fehler oder „komische" Bälle fröhlich lachten, gute Bälle gegenseitig lobten. Wir waren uns nachher einig: „Das machen wir öfter." Der Sportwart sagte zu Angelika: „Ich stelle Dich in der neuen Mannschaft auf Zwei, dann kannst Du in allen drei Doppeln spielen. Die Eins darf nicht im dritten Doppel eingesetzt werden."

Unsere Kinder spielten brav mit anderen im Sandkasten und auf den Schaukeln. Das wurde mit leckerem Eis im Clubhaus belohnt. Die „Kinderbetreuung" verlief dann während der Medenspiele auch völlig problemlos. Es waren immer Mütter mit Kindern auf der Anlage, mit denen unsere zusammen spielen konnten. Wenn dann „mitten im Schlag" vom Zaun aus mal gerufen wurde: „Darf ich jetzt ein Eis?", so konnte man damit leben.

8   Besondere Erlebnisse

Ich hatte in der nächsten Saison mehrere besondere Erlebnisse. Das erste Spiel fand am 01. Mai statt, auswärts, in Nettetal. Es war an dem Tag „saukalt", so dass im Trainingsanzug gespielt wurde. Besonders interessant wurde es während der Doppel; denn da fing es an zu schneien! Wir spielten trotzdem tapfer weiter, weil wir uns eine nochmalige Fahrt nach Nettetal ersparen wollten. Die Heim-Mannschaft kam offensichtlich mit den Witterungsverhältnissen besser als wir zurecht; wir verloren 3:6.

Hatten wir in der vorherigen Saison durch „erlaubtes Tricksen mit Nr.1" (der mit dem damals verstauchten Arm) ein Spiel gewonnen, so sorgte er im zweiten Spiel wieder für neuen Gesprächsstoff. Er lag, bei nasskaltem Wetter, 1:6 und 0:5 hinten – da zog er sich bei dem Seitenwechsel die Trainingshose aus. Sein Gegner konnte sich ein verständnisloses Kopfschütteln nicht verkneifen. Nach 1:5, 2:5, 3:5 fing er dann aber wohl doch an, darüber nachzudenken. Beim Stand von 4:5 zog er sich auch die Trainingshose aus. Bei ihm half das jedoch nicht; unser Mann „hatte einen Lauf" und gewann den Satz 7:5. Das wiederholte Kopfschütteln des Gegners war dann nicht mehr verständnislos, sondern verzweifelt. „Ich habe 6:1, 5:0 geführt, dann zieht der Kerl die Trainingshose aus und macht keine Fehler mehr. Ich muss das Spiel trotzdem gewinnen, das gibt es doch gar nicht, was hier passiert ist." Er erholte sich nicht mehr von dem Schock, verlor den

3. Satz glatt mit 2:6. Dank dieses wundersamen Spiels gewannen wir schließlich 5:4. Als die Nr. 1 im nächsten Spiel zurücklag, bekam er natürlich zu hören: „Zieh die Trainingshose aus!" Allerdings half dieser Trick dieses Mal nicht.

Bei unserem nächsten Auswärtsspiel, zwei Wochen später, schien die Sonne, es war fast 20 Grad warm – herrlich. Wir traten in Mönchengladbach bei einem „Nobelverein" an. Unsere Anlage war ja, Dank der Finanzierung durch die Firma, schon besser als manch andere, aber die Anlage dort in Mönchengladbach war „vom Feinsten". Im Clubhaus lagen dicke Teppiche und standen teure Sessel, in denen man „versank". Unsere Bewunderung ließ dann aber bald nach; denn unsere Gegner waren alle sehr „hochnäsig". Ihr Verhalten passte irgendwie zu dem Club. Mein Gegenspieler zum Beispiel fragte mich: „Welches Spiel haben Sie denn in Düsseldorf gesehen?" Dort fand zu der Zeit der „World Team Cup" statt. Als ich entgegnete, dass ich nicht in Düsseldorf war, bekam ich die ungläubige oder auch höhnisch anmutende Frage zu hören: „Sie waren n i c h t in Düsseldorf?" Leider zeigte mir mein Gegner dann auch noch, „wie man Tennis spielt"; beim 3:6, 2:6 war ich chancenlos. Das war jedoch insofern nicht weiter schlimm, weil unsere Gegner offensichtlich alle viel mehr Zeit als wir mit Tennisspielen verbrachten; wir verloren 1:8. Beim Essen erzählte dann ein Spieler aus Mönchengladbach: „Habt Ihr schon mal in X. gespielt? Das ist dort unmöglich! Die haben nur drei Plätze und einen Bauwagen. Zum Umziehen muss man 150 Meter entfernt zu einem Fußballverein. Das müsst Ihr

Euch mal vorstellen, kein Clubhaus, sondern da steht nur ein Bauwagen!" Da platzte einem von uns der Kragen: „Wisst Ihr was? Die sind ganz bestimmt froh, nun Tennisplätze zu haben, sind in den Anfängen und freuen sich, spielen zu können. Ihr genießt hier die Anlage, die reiche Väter geschaffen haben. Es gibt Tennisspieler, die müssen jeden Tag hart arbeiten und können nicht wie Ihr als ewige Studenten viele Stunden auf dem Tennisplatz verbringen. Ihr selber habt zu dieser schönen Anlage wahrscheinlich doch noch gar nichts beigetragen. Ich würde jedenfalls viel lieber in X. beim Bauwagen als mit Euch noch weiter zusammen sein. Kommt Jungs, wir fahren!" Auf dem Weg zum Parkplatz war unser Mann immer noch erregt: „Das musste diesen Schnöseln da doch mal gesagt werden!" Die Mannschaft aus Mönchengladbach stieg auf – wir spielten in den nächsten Jahren nicht wieder gegen sie; das war wohl auch besser so.

Mein nächstes „besonderes Erlebnis" hatte ich wieder beim Auswärtsspiel. Mein Gegner war 14 Jahre alt – ich verlor 6:4, 4:6, 2:6. Anschließend „tröstete" mich der Trainer der Heimmannschaft: „Ja, der ist schon gut, aber sieh mal nach dort hinten auf Platz 5. Da trainiert gerade der zwölfjährige Bruder Deines Gegners. Der ist jetzt schon noch viel besser; gegen den hättest Du überhaupt keine Chancen gehabt." Da wir unsere drei Heimspiele gewonnen hatten, ging es bei diesem Spiel für uns „um gar nichts mehr". Unser Sportwart hatte mich deshalb gebeten: „Nimm den Jürgen mit und setz ihn ihm Doppel ein." Er war siebzehn Jahre, eines unserer Jungtalente.

Vermutlich wäre es sinnvoller gewesen, ihn schon das Einzel gegen den Vierzehnjährigen spielen zu lassen. Der wurde - nach dem schweren Spiel gegen mich - im Doppel „geschont", ich spielte mit Jürgen. Zu seiner Freude gewannen wir 6:4, 6:3. Ich bekam dann von einem Zuschauer zu hören: „Glückwunsch, Ihr Sohn spielt ja richtig gut!" Da beschloss ich, im nächsten Jahr zu den Jungsenioren zu wechseln. (Anm.: Zu jener Zeit war das die Altersklasse „ab 35".)

Tennisweisheit:

„Wenn ich an der Grundlinie stehe und es kommt ein hart geschlagener Ball, signalisiert mein Hirn blitzschnell: In die Ecke! Rückhand durchziehen und vor ans Netz!" „Und was geschieht dann?" „Nichts – mein Körper sagt: Du bist verrückt, lass den Unsinn!"

9   Angelikas erste Erfahrungen

Angelika hatte mit ihrer Mädchentruppe richtig Spaß. Die fand es gut, eine ältere Mannschaftsführerin zu haben. Ich konnte sie mit meinem Erfahrungsschatz in dieser Funktion unterstützen. Es gab zu „meiner" Mannschaft allerdings einen wesentlichen Unterschied – die Damen gewannen ihre Spiele alle locker, auch Angelika! Das konnte man wohl nur als einen „unheimlich erfolgreichen Einstieg in die Welt des Tennissports" bezeichnen. Na, mein Sieg damals bei den Clubmeisterschaften in der C-Gruppe nach nur sechs Wochen Tenniserfahrung war ja auch nicht schlecht …

Angelikas Erfolgsserie erlitt dann im nächsten Jahr einen herben Dämpfer. Sie verlor gegen eine 15-Jährige 0:6, 1:6. Ich bekam zu hören: „Die hat ganz toll Topspin gespielt; das kann ich nicht. Das Schärfste dabei aber war, dass sich das Mädchen fürchterlich aufregte und ärgerte, als ich im zweiten Satz 1:0 in Führung ging. Beim Seitenwechsel schmiss sie den Schläger voller Wut gegen ihre Tasche und schimpfte laut vor sich hin: Das gibt's doch nicht! Das kann doch nicht wahr sein!"

Eine völlig andere Tenniserfahrung machte Angelika bei einem vereinsinternen Mixed-Turnier. Auf der anderen Seite stand eine Seniorin. Als sie mit ihrem Partner in Rückstand geriet, fing die „Alte" an zu stöhnen: „Oh, mir ist gar nicht gut. Ich habe Herzrasen. Ich brauche eine Pause." Nach der selbstverständlich erfolgten Pause stöhnte die Dame weiter: „Oh, mir ist ja so schlecht, mir ist schwindelig." Die Frage, ob sie aufhören wollte, verneinte sie dann allerdings – und gewann das Mixed. Komisch, plötzlich war sie wieder putzmunter ...

Und Angelika erfuhr noch einen weiteren Tennistrick. Bei einem Medenspiel lag eine ihrer Spielerinnen zurück. Da kam bei einem Seitenwechsel der Vater zum Platz und rief seine Tochter zu sich an den Zaun. Die Zwei unterhielten sich und danach gewann die Tochter jedes Spiel. Angelika wollte verständlicherweise gerne wissen, welch tollen Tipp der Vater denn gegeben hatte. Er grinste: „Gar keinen! Ich habe meiner Tochter gesagt: Du spielst ganz normal weiter, änderst nichts, aber Deine Gegnerin wird jetzt intensiv darüber nachdenken, was ich Dir wohl geraten habe." Tja, so war es denn wohl auch.

10   Was ist mit unseren Söhnen?

Ich konnte in meinen Sonntagsspielen in der Halle den Sportwart inzwischen intensiv zum Schwitzen bringen. Statt ursprünglich 2:6, 1:6 endeten die Spiele nunmehr 4:6, 5:7. Manchmal gelang mir sogar ein Satzgewinn. Jedenfalls war mein Partner nun auch „gefordert", so dass das Spielen mit mir für ihn keine „Notlösung" mehr, sondern „gute Trainingseinheit" war. Wenn von uns mal einer wegen irgendwelcher Schmerzen oder Erkältungen nicht spielen konnte, nutzten unsere Frauen die neunzig Hallenminuten. Einige Male riskierten Angelika und ich, unsere Kinder abends für ca. 75 Minuten (1 Stunde spielen + Fahrzeit) alleine zu lassen, wenn sie bereits im Bett lagen. Das ging erstaunlicher- und erfreulicherweise jedes Mal gut.

1985 wurde für „Tennis-Deutschland" ein besonderes Jahr: Der 17-jährige Boris Becker wurde zunächst Junioren-Weltmeister und gewann dann am 07.07.1985 als erster Deutscher das Turnier in Wimbledon. Das Interesse an Tennis nahm in Deutschland sprunghaft zu.

Dementsprechend fragten wir im Frühjahr 1986 unsere Söhne, ob sie auch Tennis spielen wollten. Der Ältere (9) war spontan dafür, der Jüngere (7) sagte „Nein". Meine Frau wollte es ihm trotzdem schmackhaft machen, aber schaffte das nicht. Irgendwann kam die Begründung: „Der Papi kommt nach dem Tennis so oft humpelnd nach Hause und hat Schmerzen am Fuß – die möchte ich nicht haben." Ja, ja, meine Achillessehnen plagten mich. Für den willigen Sohn vereinbarte ich eine Trainingsstunde beim Sportwart. Angelika und ich waren uns einig, dass das besser wäre, als wenn wir mit dem Sohn auf den Platz gingen. Auf einen „Dritten" würde der Sohn mehr hören als auf uns – dachten wir. Nach der Übungsstunde war das „Thema Tennis" jedoch für ihn schon beendet: „Nö, das sehe ja gar nicht ein. Der steht am Netz, labert mich voll und ich soll hin- und herflitzen, nö, das macht keinen Spaß. Ich wollte Aufschlag üben, so wie Ihr das macht, das hat er nicht zugelassen." Als wir den Sportwart mit dieser Version konfrontierten, musste er lachen: „Ja, da ist was dran. Hin- und herlaufen wollte er nicht, er hat vielmehr die ganze Zeit geredet. Er hatte tolle, kesse Sprüche drauf, meinte, ich brauchte ihm nicht zu zeigen, wie man den Schläger hält, das hätte er schon genug beobachtet. Er wollte gleich spielen und aufschlagen, so wie Boris Becker." Okay, wir beschlossen, das Thema mal erst auf sich beruhen zu lassen, bis die Kinder eines Tages von sich aus Interesse äußern würden. (Anm.: Das geschah aber nicht. Waren meine Verletzungen zu abschreckend?) Zum Tennisplatz fuhren die Söhne aber weiterhin recht gerne mit. Da gab es Eis, Kekse, Gummibärchen, Limo ... und Kinder zum Spielen – das war durchaus gut so.

11   Weltklassetennis

Beckers Sensationssieg 1985 in Wimbledon hatte ich soeben schon erwähnt. 1986 gewann er dort gegen Ivan Lendl – toll!

1987 gab es einen weiteren Aufschwung für den Tennissport in Deutschland. Steffi Graf hatte, unter Anleitung ihres Vaters, vor drei Jahren als 15-Jährige ihre Profi-Karriere gestartet. Als 18-Jährige gewann sie 11 Turniere, erzielte eine Matchbilanz von 75:2, gewann bei den French Open gegen Martina Navratilova, löste sie als Nr. 1 in der Weltrangliste ab und blieb neun Jahre an 1.

1988 gewann Steffi Graf den „Golden Slam": Australien-, British-, French- und US-Open + Goldmedaille bei Olympia in Seoul – einmalig! Boris Becker gewann in dem Jahr 7 Grand-Prix-Turniere sowie zusammen mit Carl-Uwe Steeb und Eric Jelen erstmals für Deutschland den Davis Cup.

Diese sensationellen Erfolge führten in Deutschland zu einer „Tenniseuphorie" – überall, fast in jedem Dorf, wurden Tennisvereine gegründet und Plätze gebaut. Das galt umso mehr, als mit Michael Stich noch ein deutscher Spieler Weltklassetennis zeigte. 1991 gab es sogar in Wimbledon ein „deutsches" Endspiel. Zur allgemeinen Überraschung gewann Michael Stich glatt in drei Sätzen gegen Boris Becker. In den folgenden Jahren war man sich „in der Tenniswelt" einig: Stich ist der bessere Spieler, Becker ist aber mental stärker. Zusammen gewannen sie 1992 Gold im Doppel bei den Olympischen Spielen in Barcelona.

Das Tennis-Interesse Jugendlicher nahm dann noch zu, als mit Andre Agassi ein „Paradiesvogel" die Tennisfarbe „Weiß" missachtete und in bunter Kleidung von Sieg zu Sieg eilte. In den Tennisvereinen entbrannten dadurch Diskussionen „zwischen Alt und Jung" über die Kleidung; „bunt" setzte sich so nach und nach durch, weil immer mehr Spitzenspieler/innen dazu übergingen. Nur in „Old-England", in Wimbledon, wurde noch viele Jahre „weiß" als Turnierkleidung vorgegeben.

Die „große deutsche Tenniszeit" endete 1999. Nachdem Stich 1997 seine Karriere beendete, verkündeten Becker und Graf 1999 ihren Abschied vom Turniersport. Boris geriet danach einige Male negativ in die Schlagzeilen; Steffi überraschte 2001 die Tenniswelt, indem sie Andre Agassi heiratete. Da der Deutsche Tennisverband sich in den Erfolgsjahren auf den Lorbeeren seiner Stars „ausgeruht" und keine gelungene Nachwuchsarbeit organisiert hatte, sank das Interesse am Tennissport in Deutschland zunehmend. Die Zahl der Vereine und Mitglieder nahm konstant ab. Hatten zuvor viele Vereine „Aufnahmestopp" oder „Aufnahmegebühren", wurden stattdessen kostenlose „Schnupperkurse" angeboten und Spielgemeinschaften gegründet. Im Jahr 2015, als diese Zeilen geschrieben wurden, war der Negativtrend noch nicht zum Halten gebracht worden. Es gab nur ganz wenige Vereine, die eine Trendwende schafften.

12   Angelika wechselt zu den Damen 40

So, nach dieser „Exkursion" über Weltklasse-Tennis zurück zu den „Basiserlebnissen" in jenen Jahren:

Die 2. Damenmannschaft war ja in ihrem ersten Jahr ungeschlagen aufgestiegen. In der höheren Klasse hielten sie sich dann ganz ordentlich, aber von Jahr zu Jahr bekam Angelika es mehr und mehr mit deutlich jüngeren Gegnerinnen zu tun. „Viele sind jetzt jünger als meine Mädels; ich passe da nicht mehr rein. Nächste Saison bin ich Vierzig, ich wechsle jetzt auch die Altersklasse", beschloss sie. Da ich mich bei den „Älteren" (Herren 35) richtig wohlfühlte, unterstützte ich sie in dieser Meinung. Ihr wurde der Wechsel im Verein allerdings wesentlich schwerer gemacht als mir. Ich war vor drei Jahren von den Jungsenioren „mit offenen Armen" aufgenommen, sogleich wieder zum Mannschaftsführer ernannt worden. Angelika bekam stattdessen von den älteren Damen zu hören: „Da müssen Sie sich erst mal einfordern!" Außerdem wollte Angelikas Mädchentruppe sie gerne als „Ruhepol" und wohl auch als „Autofahrerin" behalten. Nun, gegen das „Einforderungsgebot" war nichts einzuwenden, es gab ja die „Forderungsliste", aus der die Rangfolge abgeleitet wurde. Es behagte meiner Frau zwar gar nicht, per Forderungsspiel eine Spielerin aus der Seniorinnenmannschaft zu verdrängen, aber ich argumentierte: „Das ist nun mal nötig, wenn Du weiter Medenspiele machen möchtest. Bei den Seniorinnen wird es nur ganz wenige geben, die Topspin spielen. Dann macht es Dir auch wieder mehr Spaß. Außerdem bist Du besser als die Nummern 5 und 6 in der Mannschaft. Die Mannschaftsführerin wird sich freuen, wenn Du auf 3 oder 4 als Verstärkung kommst." Wir beschlossen, dass sie „die 6" fordern sollte. Die hatte, wie sich herausstellte, schon damit gerechnet. Womit Angelika hingegen nicht rechnen konnte, war der Versuch einer Spielerin aus ihrer Mädchentruppe, den Abgang aus der Mannschaft zu verhindern. Sie setzte sich bei dem Forderungsspiel ungefragt auf den Schiedsrichterstuhl und „zählte". Was zunächst als nette Hilfe aussah, entpuppte sich bald als Heimtücke. Vom Schiedsrichterstuhl aus wurden falsche Spielstände gesagt, Bälle von Angelika ausgegeben, die „eng" waren. Nach mehreren Irritationen wurde es der Gegnerin von Angelika suspekt oder peinlich. Sie sagte: „So, es reicht, Du kommst jetzt vom Stuhl runter und wir zählen alleine weiter!" Angelika hatte sich das zu sagen nicht getraut. Die junge Dame zog eine Fläppe und beleidigt von dannen. Angelika gewann das Spiel danach glatt. Später kam die „Schiedsrichterin" zu ihr und entschuldigte sich: „Ich wollte doch nur, dass Du in unserer Mannschaft bleibst." „Da rücken ein paar junge Mädchen nach. Die sind bald alle besser als ich mit ihrem Topspin. Ihr werdet ohne mich besser sein. Und bei den Heimspielen kann ich Euch ja weiterhin betreuen. Ihr spielt sonntags, die Damen 40 samstags, das passt zeitlich." Per Umarmung wurde Frieden geschlossen. Angelika gewann dann in den nächsten Wochen auch noch gegen 5 und 4 der Damen 40. Sie befand: „So, das reicht, auf 4 stehe ich gut."

Das sah die Mannschaftsführerin der Damen 40 ganz genauso. Sie war „unsere Nachbarin", die Frau des Sportwartes. Sie sagte zu Angelika: „Ich hätte Dir den Stress der Forderungsspiele gerne erspart und Dich gleich bei uns auf 4 gesetzt, aber dann hätte es im Club dumme Sprüche gegeben, etwa so: *Die sind doch Nachbarn, spielen miteinander Mixed und die Männer spielen im Winter sonntags zusammen, ist klar, dass die in der Mannschaft gesetzt wird.* Jetzt hast Du das sportlich geregelt und uns argwöhnische Meinungen erspart. Nun musst Du Dich nicht mehr mit dem jungen Gemüse rumplagen, sondern kannst mit uns trainieren. Wer weiß, bald bist Du so gut, dass Du bei uns auf 2 spielen kannst." Die 1 stand nicht zur Diskussion; die war Kreismeisterin, gewann all ihre Medenspiele, war eigentlich „zu gut" für die Mannschaft. Auf 2 spielte die Mannschaftsführerin selber. Angelika erwiderte: „Bis ich mal so gut spiele wie Du, wenn das denn überhaupt mal der Fall sein sollte, brauche ich noch Jahre." „Wenn wir jetzt öfter miteinander spielen, kann das durchaus recht zügig gehen. Dein Mann hat ja von den Sonntagspielen in der Halle mit meinem Mann auch profitiert und hält schon ganz ordentlich dagegen. Keine Sorge, Du wirst jetzt noch besser." „Es tut mir aber trotzdem irgendwie leid, eine aus der Mannschaft geworfen zu haben." „Ach, mach Dir mal keine unnötigen Gedanken. Die Jutta ist wahrscheinlich sogar froh darüber. Die hat auf 6 bisher alle Spiele verloren; das ist ja für sie frustrierend gewesen. Indem 4 und 5 jetzt eins nach hinten rutschen, sind wir da durch Dich auch noch stärker als vorher. Das ist alles gut so!"

13 Aufstiegsspiel

Gleich in ihrem ersten „Seniorinnenjahr" stellte meine Frau einen Rekord auf. Zunächst wirkte sich ihre „Verstärkung" für die Mannschaft so aus, dass es im letzten Saisonspiel „um den Aufstieg ging." Es war ein Heimspiel. Beide Mannschaften waren ungeschlagen, es gab also ein „echtes Finale". Ausgerechnet da fiel die 3 verletzungsbedingt aus, so dass Angelika an deren Stelle, somit in der zweiten Runde spielen musste. Nach den ersten Einzeln stand es 1:2. An 4 und 6 wurde verloren, nur die Mannschaftsführerin hatte gewonnen. Die 1 gewann, wie erhofft, zügig – es stand 2:2. Wie erwartet und befürchtet verlor die 5. Zu dem Zeitpunkt hieß es bei Angelika 5:7, 3:3. Nun kamen alle Spielerinnen, Begleiter und sonstige Zuschauer zu dem Platz. Der „Druck" für die beiden Spielerinnen stieg entsprechend. Anscheinend kam Angelika zunächst besser damit klar; nach „unendlichen Ballwechseln" gewann sie den Satz 7:5. Da waren bereits fast drei Stunden gespielt. Und es ging im dritten Satz mit ganz langen Ballwechseln weiter. Für alle entwickelte sich ein „Zitterspiel". Ich hatte natürlich „klatsch nasse" Hände. Als Angelika nach 2:5 das 4:5 schaffte, sagte sie beim Seitenwechsel: „Ich kann nicht mehr, ich bin platt, ich weiß zwischendurch schon nicht mehr, wie es steht." Der Sportwart versuchte, sie aufzumuntern: „Deine Gegnerin ist mindestens genau so platt wie Du, wahrscheinlich sogar noch etwas mehr. Du schaffst das!" Der Ehemann der Nr. 1 ergänzte: „Du spielst Punkt für Punkt, wir zählen für Dich, Du konzentrierst Dich nur auf den Ball. Ich stelle mich an Deiner Seite jetzt immer hinter den Zaun und passe mit auf." Und das half. Angelika bekam von hinten mit ganz ruhiger Stimme zugeraunt: „Ja, gut so ... weiter so ... macht nichts, konzentrier Dich auf den nächsten Ball ... siehst Du, die kann auch nicht mehr ..." Nach vier Stunden und 12 Minuten (Das war der Rekord.) kam von den heimischen Zuschauern der Jubelschrei. Angelika hatte das Marathonspiel mit 7:5 im 3. Satz gewonnen. Sie selber war zum Jubeln „zu kaputt", strahlte aber doch, als sie von allen umarmt wurde. Ich wartete damit bis zum Schluss, weil es natürlich noch den „Siegeskuss" geben sollte. Danach bekam ich zu hören: „Ich kann nicht mehr, ich muss mich setzen." Das bezog sich aber nicht auf den Kuss.

Nun gab es aber noch ein Problem: Die Gastmannschaft hatte eine Ersatzspielerin, die jetzt im Doppel eingesetzt wurde. Die Heimmannschaft hatte keine Ersatzfrau für Angelika. Nr. 3 war ja verletzt, Nr. 7 auch, Nr. 9 verreist. Die Mannschaftsführerin sagte: „Ich spiele mit Dir. Stell Dich, solange es irgendwie ohne Krämpfe geht, auf den Platz und ich versuche, was zu machen ist. Geht das noch oder sollen wir ein Doppel kampflos abgeben?" „Wie lange habe ich Pause?" „Eine halbe Stunde, vielleicht können wir sie ja noch etwas hinauszögern, aber in einer viertel Stunde muss ich die Doppel aufschreiben." „Ich dusche mal erst heiß und kalt." Auf dem Weg zum Clubhaus trug ich links die Tennistasche und stützte rechts meine Frau. Unterwegs fragte sie: „Was meinst Du, was ich machen soll?" „Wenn Du Dich auf den Platz stellst, könnt Ihr als 2 + 3 erstes Doppel spielen und abschenken. Vielleicht besteht dann so die Chance, die anderen Doppel zu gewinnen. Du kannst ja durchaus bei 0:1 im ersten Satz aufhören, dann habt Ihr aber das dritte Doppel nicht kampflos verloren." Nach dem Duschen gab Angelika „grünes Licht" für diese Lösung. Sie blieb dann sogar bis zum Schluss auf dem Platz; allerdings bewegte sie sich nur wenig und das Spiel dauerte nicht lange. Die Gastmannschaft hatte das erste Doppel mit 1 und 2 „stark gemacht", um eine Chance gegen die heimische 1 zu haben. Die Gäste hatten vermutet, dass Angelika im 3. Doppel eingesetzt würde und gemeint: „Die ist so platt, das Doppel gewinnen wir locker, zumal unsere Ersatzfrau frisch ist und gut Doppel spielt." Nun, statt des dritten Doppels gewannen die Gäste das erste locker mit 6:2, 6:1, verloren das zweite 3:6, 3:6 mit 3 + 4 gegen 1 + 6. Es stand also 4:4 und wurde erneut super spannend. Zum Schluss war entscheidend, dass die 7 der Gäste frischer war und besser Doppel spielte als die heimische 8. Zwar kämpfte das Doppel bravourös, verlor jedoch 6:4, 4:6, 2:6. Somit hatte sich Angelikas Vier-Stunden-Match „nicht gelohnt", man hatte mit 4:5 den Aufstieg verpasst – dachte man. Anfang des nächsten Jahres erhielt der Sportwart dann aber vom Verband die frohe Botschaft: „Eure Damen 40 sind beste Klassenzweite gewesen und können nachträglich noch aufsteigen, wenn Ihr das so wollt." Natürlich wollten die Damen das! Inzwischen waren Schmerzen und Trauer längst vergessen; jetzt gab es doch noch eine feucht-fröhliche Aufstiegsfeier. Und Angelikas Spiel wurde dabei lebhaft in Erinnerung gerufen.

14   Tenniscamp in Jugoslawien

Die Tennissaison 1989 begann für uns am Sonntag, dem 19. März. Wie bitte? So früh? Ja, das geschah allerdings nicht am Niederrhein, sondern in (der von 1963 bis 1992 Sozialistischen Förderativen Republik) Jugoslawien. Der Jugendwart hatte dort in Kastela eine „Jugendfreizeit" organisiert. Dafür benötigte er einige Erwachsene als „Aufsichtspersonen". Unsere beiden Söhne spielten zwar nicht Tennis (s.o.), aber das Reiseangebot war so verlockend günstig, dass wir es zum Familienurlaub nutzten. Die Ferienanlage, direkt an der Adria, zwischen Split und Trogir gelegen, hatte einen Sportplatz, ein Feld für Basket- und Volleyball sowie 5 Tennisplätze und 4 Tischtennisplatten.

Am Samstag, dem 18. März, wurde morgens um 10 Uhr die etwa 24 Stunden dauernde Busfahrt gestartet. Die Kinder schliefen nachts im Bus „kreuz und quer" im Gang und auf den Sitzen; die Erwachsenen nickten sitzend immer mal wieder ein. Wichtiger war, dass die zwei Busfahrer abwechselnd schlafen konnten. Bei Ankunft in Kastela am Sonntag schien die Sonne und es war 20 Grad warm! Nachmittags wurde Tennis gespielt.

Am Dienstag regnete es. Da wurde für die „Kids" ein Tischtennisturnier organisiert. Die „älteren" Jugendlichen meldeten sich „in Gruppen" nach Split oder Trogir ab. Beide Städte waren von der Ferienanlage aus per Linienbus gut zu erreichen. Nach Trogir dauerte die Fahrt etwa 15, nach Split etwa 35 Minuten. Verbunden war das Busfahren mit zwei Problemen. Zum einen musste man sich an die „Dinar-Preise" gewöhnen, zum anderen gab es wohl keinen festen Fahrplan. Man ging zur Haltestelle und wartete, mal länger, mal kürzer, bis ein Bus kam.

Am Mittwoch und Donnerstag war wieder herrliches Tenniswetter. Das wurde natürlich auch zum Sonnen genutzt. Ein paar Mutige unternahmen Badeversuche in der Adria, aber das Wasser war doch noch recht kalt. Mit Tret- und Paddelbooten war der Adriabesuch da schon angenehmer. In der Nacht zum Freitag wütete ein Sturm. Es knickten nicht nur Bäume um, sondern es wurde auch die gesamte rote Asche von den Tennisplätzen geweht. Da war dann am Freitag „Platzarbeit" angesagt. Verständlicherweise wurden die Plätze nicht sofort zum Spielen freigegeben; für nachmittags wurde stattdessen ein Fußballturnier organisiert. Am Samstag standen wieder „Split- und Trogirfahrten" auf dem Programm. Dank Sonne und viel Bewässerung konnten die Tennisplätze ab Sonntag genutzt werden.

Da gab es allerdings abends zwei Probleme. Zunächst war, als man nach dem Tennis duschen wollte, das Wasser abgestellt. Das Bewässern der Plätze hatte wohl zu viel verbraucht. Als man beim „Kartenkloppen" saß, gab es dann eine Alarmmeldung: „Zimmer 543 steht unter Wasser!" Dort hatten die Kinder wohl, als kein Wasser kam, die Hähne nicht zugedreht; irgendwann war wieder Wasser geflossen. Diesem „Schreck in der Abendstunde" folgte einer in der Morgenstunde: Es war In den

Geräteraum an den Tennisplätzen eingebrochen worden; Fuß-, Volley- und Basketbälle sowie 200 Tennisbälle waren weg! Da war es gut, dass es in Trogir ein Sportgeschäft gab und Sportsachen in Jugoslawien im Vergleich zu Deutschland „spottbillig" waren. Es wurden Fuß-, Volley- und Basket- sowie 100 Tennisbälle gekauft; die Sportfreizeit war gerettet. Es folgte aber der nächste Schreck: Beim Basketballspiel fiel ein vierzehnjähriger Junge so unglücklich hin, dass er sich den rechten Arm brach. Das gab eine Sonderfahrt zum Krankenhaus in Split. Der Junge hatte dabei nur eine Sorge: „Ich will weiter hier bleiben; informiert jetzt bitte nicht meine Eltern!"

Am Freitag wurde eine Schifffahrt unternommen. Sie sollte bis zur Insel Brac gehen. Stattdessen legte der Kapitän auf der Insel Solta an und schipperte, als alle wieder an Bord waren, zurück. „Und was ist mit Brac?" „Draußen auf der Adria ist es zu windig." Wir waren reichlich verärgert; denn das Wasser unter dem Schiff war „spiegelglatt". Aber am Samstag wurde der Kapitän rehabilitiert – es kam erneut Sturm auf. Der Seemann hatte den Wetterumschwung wohl vorhergesehen oder gekannt. Allerdings machte er dann doch noch einen Fehler. Er hatte sein Schiff hinter einer Kaimauer festgemacht. An der Mauer brachen die Sturmwellen und schlugen in das Boot – es sank! Da waren wir doch froh, dass der Kapitän mit uns nicht nach Brac gefahren war. Zwei Tage später kam von Split ein „Riesen-Schiffkran" und hob das gesunkene Boot. So hatten wir auch noch ein besonderes Erlebnis.

Das wurde dann aber am Freitag „getoppt": In Split fand das Davis-Cup-Spiel „Jugoslawien gegen Spanien" statt. Der Eintritt kostete, umgerechnet, etwa 2,50 DM. Na, die Chance mussten wir doch nutzen. Wir sahen die Spiele „Zivojinivic – Sanchez und Ivanesevic – Casal". Viele der Jugendlichen holten sich von den Spielern Autogramme, die von ihnen auch bereitwillig gegeben wurden – welch ein tolles Erlebnis zum Abschluss des Tennisurlaubs! Samstagmorgen startete die 24-Stunden-Rückfahrt. Am Sonntag, 02.04.1989, waren wir wieder in Deutschland.

15   Umgeknickt

Meine Saison in Deutschland begann „wie üblich" – der
„Hochspieler" begrüßte mich im Clubhaus: „Ich habe
unser Spiel in die Forderungsliste eingetragen." Dieses
Mal nahm das Spiel aber einen für ihn sicherlich
unerwarteten Verlauf. Meine Sonntagfrühspiele in der
Halle mit dem Sportwart zeigten Wirkung; ich gewann
glatt mit 6:2, 6:2. Ob mein Dauerherausforderer jetzt wohl
„genug" hatte?

Bei den Jungsenioren machte ich neue Erfahrungen. In
dem Jahr spielten wir gegen BW Neuss III, in Neuss. BW
Neuss galt zu der Zeit als einer der besten Clubs in
Deutschland; die Herrenmannschaft wurde regelmäßig
Deutscher Meister. „Da wird wohl auch deren dritte
Jungseniorenmannschaft noch stark sein", vermutete ich,
in Erinnerung daran, dass ich bei meinem ersten
Medenspiel gegen eine sechste Mannschaft hoch
verloren hatte. Positiv überrascht wurden wir gleich bei
unserer Ankunft. Die Begrüßung fiel „locker und herzlich"
aus. Darauf angesprochen hieß es: „Unsere Herren- und
Damenmannschaft sind was Besonderes, die sind mit
ausländischen Spielerinnen und Spielern bestückt, aber
ansonsten sind wir hier alle ganz normal. Das gilt
besonders für unsere Truppe. Wir sind mehr Hobby- und
Thekenmannschaft als ehrgeizige Cracks." Das war
tatsächlich so; wir gewannen 8:1 und saßen noch lange
in gemütlicher Runde zusammen.

Allerdings hatten wir zwischenzeitlich auch „das Gegenteil" erlebt. Zeitgleich fand ein Spiel der Damen – Oberliga statt. Zunächst fanden wir es toll, bei solch einem Spitzenspiel (Oberliga war die höchste Klasse, Bundesliga gab es noch nicht.) zuschauen zu können. Dann staunten wir aber, wie „verbissen" es dabei zuging. Es gab keine netten Worte bei den Seitenwechseln, erst recht keine Gespräche, stattdessen wurden Schläger wütend geworfen, mehrmals mit Schiedsrichtern über Entscheidungen diskutiert. Schließlich gab es ein ganz besonderes „Highlight". Ein Spiel endete im dritten Satz im Tie-Break. Die Verliererin gratulierte der Gewinnerin, setzte sich auf die Bank und fing hemmungslos an zu weinen. Das wäre ja irgendwie noch nachvollziehbar gewesen. Ich stellte fest: „Da kann man mal sehen, unter welchem Erfolgsdruck auf dem Niveau gespielt wird." Was dann jedoch niemand von uns verstehen konnte, war die Beobachtung, dass die junge Dame nach über einer Stunde (!) immer noch heulend auf der Bank saß. Weder Mannschaftskameradinnen noch Gegnerinnen hatten sie beruhigen können. Wir waren uns einig: „Soweit darf es bei einer Niederlage nicht kommen! Die Dame braucht dringend einer therapeutischen Beratung." Einer äußerte: „Quatsch, einen Eimer kaltes Wasser über den Kopf gießen, das hilft viel schneller und effektiver."

Unsere Mannschaft hatte während der Medensaison donnerstags von 18:00 bis 21:00 Uhr zwei Plätze fest reserviert. Es wurde nicht irgendwie besonders trainiert, sondern miteinander gespielt, hauptsächlich Doppel. An einem dieser Übungstage knickte ich „fürchterlich" um.

Trotz Auflegen eines Eisbeutels, den der Platzwart für solche Fälle parat hielt, schwoll der Knöchel dick an. Am nächsten Morgen humpelte ich zum Werksarzt: „Sie müssen mir irgendwie helfen. Wir haben Samstag ein wichtiges Spiel und ausgerechnet dann nur sechs Leute zur Verfügung. Ich muss also spielen können." „Das ist mit dem Knöchel ausgeschlossen, es sei denn ..." „Es sei denn?" „Es sei denn, ich gebe Ihnen eine Spritze ohne dass Sie mich jemals fragen, womit ich Sie behandelt habe." „Einverstanden!" „Na, dann müssen Sie sich ein paar Minuten gedulden. Ich muss das Zeug für Sie speziell zusammenmixen." Es war für mich, mit welchen Substanzen auch immer, ein „Wundermittel" – nach wenigen Stunden hatte ich keine Schwellung mehr; ich konnte an dem Samstag schmerzfrei spielen. Zwar verlor ich mein Einzel, trug mit gutem Doppelspiel aber meinen Anteil zum entscheidenden 5:4 bei. Am Montag rief mich der Werksarzt im Büro an: „Na, wie war es?" „Klasse! Sie haben mit der Spritze den Mannschaftssieg ermöglicht." „Sie haben aber keinem von der Spritze erzählt?" „Nein, natürlich nicht." „Das muss auch weiterhin unter uns bleiben." Hier kann ich davon berichten, weil seit damals etwa dreißig Jahre vergangen sind und der Arzt inzwischen schon gestorben ist.

Arztweisheit:
„Sie leiden unter Bluthochdruck, Depressionen und auch Appetitlosigkeit? Hören Sie sofort und für immer auf, Tennis zu spielen!"

16   Noch ein Aufstieg

Angelikas Mannschaft hatte in der Saison in Krefeld ein „So-ist-Tennis-Erlebnis". Die Mannschaftsführerin ging im dritten Satz im Tie-Break 6:1 in Führung und verlor den dann noch mit 7:9. „Da kämpft man drei Stunden, geht im Tie-Break glatt in Führung und schafft den einen fehlenden Punkt nicht", war sie verzweifelt. Diese Niederlage bekam sie im Doppel „nicht aus dem Kopf" und spielte weit unter ihren Möglichkeiten. Oder hatten die drei Stunden Einzel zu viel Kraft gekostet? Der erste Satz im Doppel ging glatt 2:6 verloren. Als dann im zweiten Satz plötzlich die Chance zum 5:4 bestand, riss bei Angelikas Schläger eine Saite. Sie musste sich einen Schläger leihen – der Satz wurde 4:6, das Medenspiel damit 4:5 verloren. Da war die Stimmung natürlich getrübt, aber es wurden keine Tränen vergossen; man spielte ja nicht in der Oberliga.

Die Seniorinnen gewannen die nächsten vier Spiele. So kam es beim letzten Spiel zu Hause gegen Moers unerwartet noch zu einem „Aufstiegsspiel". Die Damen aus Moers waren ungeschlagen, hatten u.a. 7:2 gegen Krefeld gewonnen, die ihrerseits inzwischen noch ein weiteres Spiel verloren hatten. Begleitet von mehreren Fans und dem Sportwart reiste die Mannschaft aus Moers entsprechend siegessicher an. Sie staunten nicht schlecht und wurden etwas unruhig, als es nach den ersten drei Einzeln 1:2 stand, zumal sie ja wussten, dass voraussichtlich an 1 auch verloren würde. Insbesondere den Sieg meiner Frau an 4 hatten sie „nicht eingeplant", aber Angelika spielte beim 6:4, 6:4 ganz stark. Nach den Einzeln stand es dann 3:3; es blieb also spannend. Es wurde intensiv über die Doppelaufstellungen beraten. Bei den Damen aus Moers mischte sich der mitgereiste Sportwart ein und gab, wie sich zeigte, den falschen Rat: „Spielt mit 3 und 4 an 1, schenkt das ab, gegen deren 1 habt Ihr sowieso keine Chancen. So könnt Ihr mit 1 und 6 sowie 2 und 5 die beiden anderen Doppel gewinnen." Die Moerserinnen staunten, als sie erfuhren, dass sie gegen 2 + 4, 1 + 5 und 3 + 6 antraten. So gewannen sie zwar das dritte Doppel, verloren aber das erste und zweite. Im ersten Doppel profitierte Angelika dabei von der Routine der Mannschaftsführerin; die beruhigte sie mehrmals nach Fehlschlägen. Erstmals hatte meine Frau bei einem Spiel „Nervenflattern"; es „ging ja um was". Als es bei 6:4, 5:5 aber „darauf ankam", spielte sie „Zauberbälle". Die Damen aus Moers und deren Sportwart waren geschockt, hatten sie doch schon den „Aufstiegssekt" mitgebracht. Es nutzte ihnen nichts, dass sie die Spiele gegen andere Mannschaften höher gewonnen hatten; es zählte mit 4:5 nur der direkte Vergleich. Auch der Hinweis: „Wir sind im vergangenen Jahr nachträglich als beste Zweite aufgestiegen", vermochte an dem Tag nicht zu trösten. Reichlich frustriert verabschiedeten sich die Damen aus Moers sofort nach dem gemeinsamen Essen, bei dem es ziemlich wortkarg zuging. Danach aber explodierte die Stimmung im Clubhaus. Unsere beiden Kinder staunten, dass ihre Mutter mehrere Gläser Sekt trank. Mit einer „Extraportion Pommes" feierten sie aber gerne mit.

17 Schuhprobleme

Für die höhere Klasse in der nächsten Saison wurde die Damen-40-Mannschaft verstärkt. Angelika rückte auf 3, die bisherige 3 auf 5 und auf 4 kam eine neue Spielerin aus einem Nachbarverein. Da ihr Mann im „Sponser-Werk" tätig war, konnte sie problemlos Mitglied werden. Gleich im ersten Auswärtsspiel gab es Aufregung. Die Nr. 1 stellte erstaunt oder auch entsetzt fest, dass sie die Tennisschuhe ihres Mannes mitgenommen hatte – Größe 43 statt 39. Die 5 hatte auch Schuhgröße 39. Da die 1 anfing, während 4 und 6 noch spielten, die 5 also „Wartezeit" hatte, lieh sie der 1 ihre Schuhe. „Du gewinnst doch meistens ziemlich zügig. Vielleicht bist Du schon fertig, bevor ich dran bin." Dem war aber nicht so. Die 1 gewann zwar, jedoch erst im dritten Satz. Die 5 zog die Herrenschuhe an. Das wirkte sich negativ aus; sie verlor ihr Spiel. Da bekam sie von der 1 zu hören: „Wieso spielst Du denn in fremden Schuhen, die zu groß sind? Hier, das sind Siegerschuhe!" „Na, dann behalt die auch fürs Doppel. Ich habe mir Blasen gelaufen, ich kann eh kein Doppel mehr spielen." Da war es gut, dass eine „Ersatzfrau fürs Doppel" mitgefahren war. Über das „Schuhdrama" konnte nachher herzhaft gelacht werden, nachdem das Spiel mit 6:3 gewonnen worden war.

In den nächsten Spielen der Seniorinnen gab es keine „Aufreger" mehr; mit 3:3 und einem Platz im Mittelfeld war man nach zwei Aufstiegen mit der Saison zufrieden.

18   Ein Schnaps hilft

Meine nächste Saison begann sehr positiv – endlich ohne Forderungsspiel. Das Interesse daran nahm im Club insgesamt deutlich ab. Inzwischen kannte man die Stärken und Schwächen fast aller Spieler/innen; es hatte sich eine Hierarchie ergeben, die allgemein als zutreffend bewertet wurde. Man wusste, wer besser und schlechter spielte.

Kritisch verlief dann die Saison für die Jungsenioren. Ich bekam schon vor Saisonbeginn „die Leiden eines Mannschaftsführers" zu spüren. Ein Spieler meldete sich mit „Bandscheibenvorfall" für alle Spiele ab, einer kam mit „Adduktorenproblemen" aus dem Urlaub und einer war beruflich „auf Wechselschicht" versetzt worden, so dass er nicht mehr regelmäßig mit der Mannschaft trainieren und spielen konnte. Dementsprechend gab es in fünf Spielen nur einen Sieg. Beim letzten Spiel ging es in Moers somit „um den Abstieg" – Moers hatte ebenfalls nur einmal gewonnen: „Die oder wir!?" Nach den Einzeln stand es 3:3. Ich hatte fast drei Stunden gespielt und mit 5:7, 7:5, 6:4 positiv dazu beigetragen. Mein Gegner und ich erhielten eine etwas längere Erholungspause. Die war einerseits nötig und gut, hatte andererseits aber den Nachteil, dass ich im Doppel dann schon die Spielstände der beiden anderen kannte. Als mein Partner und ich den ersten Satz 4:6 verloren hatten, waren die anderen Doppel fertig, eins gewonnen, eins verloren – es stand also 4:4 und unser Doppel war entscheidend „für Abstieg oder Klassenerhalt". Meine Nerven „fingen an zu flattern"; ich spielte schlecht. Mein Partner hingegen „wuchs über sich hinaus"; er erkämpfte das 6:4 für uns. Als wir bei 5:4 die Seiten wechselten, winkte er einen unserer Spieler zu sich und sagte dem irgendwas. Da der dann Richtung Clubhaus ging, folgerte ich, dass noch eine Flasche Wasser geholt werden sollte. Dem war jedoch nicht so. In der Pause nach dem zweiten Satz wurde mir stattdessen ein Schnaps gereicht. Ich war gar kein „Schnapstrinker" und sagte: „Nee!" Mein Partner raunzte mich an: „Den trinkst Du jetzt!" Und nur ein paar Minuten später wurde meine „Zitterhand" ruhig. Ich spielte „wie umgewandelt" – wir gewannen 6:2. Als mein Partner und ich uns jubelnd umarmten, meinte er grinsend: „Mein Gott, hast Du eine Schnapsfahne!"

Dazu passt folgendes Erlebnis:

Ein Spieler (nicht ich!) verschlug einen Ball. Da bekam er von seinem am Zaun stehenden, etwa zehnjährigen Sohn zu hören: „Paaapiii!" „Jaaah"? „Du musst weniger Bier trinken, dann spielst Du besser!"

Übrigens, ich schrieb vor den Spielen meinen Jungs immer „Briefe", hier ein Musterbeispiel:

Hallo Leute,

am Samstag gilt's – der Klassenerhalt muss her!! Auf Verletzungen und Wehwechen kann ich keine Rücksicht nehmen. Es wird bis zur Erschöpfung gekämpft!!

Zunächst aber, da es beim letzten Mal nicht funktioniert hat, hier vorsorglich für Wolfgang und Paul die Regelung zum gemeinsamen Fahren:

12:58 Uhr	*Wolfgang fährt los zum Paul.*
13:06 Uhr	*Paul steht, freudig winkend, startklar, **mit gepackter Tasche (!)**, vor seinem Haus.*
13:10 Uhr	*Sie treffen **zusammen** am Clubhaus ein.*
13:10 Uhr	*Jürgen, Karl, Lothar und Eckhard treffen zeitgleich (oder früher) auch dort ein.*
13:15 Uhr	*Abfahrt mit 2 Autos*

*Die Plätze in Moers sind vermutlich allen bekannt, aber zur Erinnerung: an der Kreuzung hinter dem Schloßpark **links ab**, danach an der ersten Kreuzung **rechts ab** > **Filderstr. 147***

Anm. 1:	*Ich bin Donnerstag nicht beim Training – benehmt Euch trotzdem anständig!*
Anm. 2:	*Ihr seid alle für die Clubmeisterschaften gemeldet!*

Eckhard

19   Wenn und hätte

„Meine" Jungsenioren und ich spielten im nächsten Jahr wesentlich besser. Das lag in erster Linie wohl daran, dass es keine oder kaum Verletzungen gab. Oder waren die gegnerischen Mannschaften in dem Jahr schwächer als im Jahr zuvor? Statt gegen den Abstieg wurde um den Aufstieg gekämpft! Der Spielplan führte dazu, dass es wieder auf das letzte Saisonspiel ankam. Dieses Mal trafen zwei ungeschlagene Mannschaften aufeinander. Wir mussten nach Kerken. An dem Samstag regnete es „in Strömen". Nach einer Stunde Wartezeit schlugen die Gastgeber vor, einen neuen Termin zu vereinbaren. Unsere Nr. 4 hatte aber ab Sonntag Urlaub in Spanien gebucht, könnte dann also nicht mehr mitspielen. Ich (als Mannschaftsführer) verwies deshalb auf die „in den Regeln vorgeschriebene Wartezeit von zwei Stunden". Und tatsächlich ließ der Regen so nach, dass die Plätze ab 16:00 Uhr bespielbar wurden. Unser „Regelbeharren" wurde dann insofern belohnt, dass die Nr. 4 nach drei spannenden Sätzen gewann. Das gelang auch noch unserer Nr. 6, aber 2, 3 und 5 verloren. Im „Spitzeneinzel" stand es 6:4, 1:3 für Kerken, als deren Nr. 1 plötzlich äußerte: „Ich sehe nicht mehr richtig, lass uns für heute aufhören." Da sich die Sichtverhältnisse nicht verändert hatten, waren diese Sehschwierigkeiten sehr erstaunlich. Sie traten komischerweise unmittelbar nach dem erlittenen Break zum 1:3 ein. Als unsere Nr. 1 dann weiterspielen wollte und ich (als Mannschaftsführer) ihm zunickte, bekam er zu hören: „Willst Du so unfair gewinnen?" Das verschlug unserer Nr.1 die Sprache; er packte den Schläger ein und ging vom Platz. Als das Spiel am nächsten Tag fortgesetzt wurde, gewann unser Mann zwar den 2. Satz mit 6:4, bekam aber heftige Schmerzen im Knie. Da sein Gegner außerdem viel besser als am Vortag spielte, ging der 3. Satz 2:6 für uns verloren. Im Doppel konnte sich unsere 1 kaum noch bewegen, die 4 war im Flugzeug gen Spanien – wir verloren alle drei Doppel. Alles „Wenn und Hätte ..." nutzte nichts – Kerken war der Aufsteiger.

Jedoch, es gab einen „gnädigen Tennisgott": Im Januar des nächsten Jahres erhielt der Sportwart vom Verband die Nachricht, dass die Jungsenioren „als beste Zweite" nachträglich den Aufstieg zugesprochen bekamen. Da stiftete der „Urlaubsvierer" ein 50-Liter-Fass und lud die Mannschaft in seinen Partykeller ein ...

20   Tolle Taktik?

Das neue Saisonziel lautete dann verständlicherweise „Klassenerhalt ohne zittern zu müssen". Gleich im ersten Spiel ging das Zittern aber schon los. Nach den Einzeln stand es 3:3. Ich gab vor: „1. und 3. Doppel gewinnen, das 2. macht den Joker!" Das 1. Doppel hielt sich mit 6:1, 6:1 klar an die Abmachung. Aber im 3. Doppel konnte ich im 2. Satz den Schläger halten, wie ich wollte, er (der Schläger natürlich) machte nur Fehler. Da nutzte es sogar nichts, dass der Schläger zur Strafe mal hingeschmissen wurde. Das war für ihn auch völlig neu, das kannte er überhaupt nicht. Mein Partner staunte: „Das habe ich bei Dir ja noch nie gesehen!" Vielleicht hatte ich den Schläger dadurch noch mehr verunsichert – wir verloren 6:3, 3:6, 2:6. Das „Jokerdoppel" führte im 3. Satz 3:0, verlor aber noch 5:7. Da saßen wir reichlich bedröppelt im Clubhaus: 4:5 verloren, obwohl wir nach Spielen 97:92 gewonnen hatten.

Im nächsten Spiel „war nichts zu machen"; wir verloren 1:8. Immerhin holten mein Partner und ich im Doppel den Ehrenpunkt – ich musste mich ja rehabilitieren. Es musste dann nicht jeder wissen, dass das gegnerische Doppel im 2. Satz wegen Zerrung eines Spielers aufgegeben hatte.

Das Ziel „Klassenerhalt" geriet im dritten Spiel reichlich ins Schwanken. Nach den Einzeln stand es 2:4. „Wir gewinnen jetzt alle drei Doppel", versuchte ich meine Jungs zu motivieren. Das gelang dann tatsächlich, aber auf eine etwas merkwürdige Weise. Beim Stand von 0:1 wurde mein Partner am Netz von einem Überkopfball so volley im Gesicht getroffen, dass er ohnmächtig zu Boden sackte. Auf allen drei Plätzen herrschte Entsetzen und Ratlosigkeit. Ich brüllte: „Wasser, ich brauche Wasser!" Dann kniete ich nieder und gab meinem Partner mehrmals links – rechts leichte Wangenschläge. Plötzlich schlug er die Augen auf, schupste mich zur Seite, stand auf und torkelte einige Meter. Zu zweit packten wir zu und stabilisierten ihn. Er lallte: „Was ist, was ist denn? Wo ist mein Schläger?" „Es ist alles in Ordnung. Du bist hingefallen und wir haben Dich gerade aufgehoben. Jetzt setzt Du Dich mal erst da auf die Bank", sagte ich. Dort gab ich ihm ein nasses Handtuch: „Halt Dir das mal an die Stirne!" Weiterhin veranlasste ich ihn, mehrere Schluck Wasser zu trinken. Nach etwa fünf Minuten fühlte er sich wieder fit. Und dann trafen unsere Gegner „nichts mehr". Sie standen offensichtlich viel mehr als wir unter Schock oder hatten Angst beim Schlagen. Wir gewannen locker 6:1, 6:1. Ähnlich war es bei den beiden anderen Doppeln. Auf der Rückfahrt wurde natürlich fröhlich gefrotzelt: „Tolle Taktik, wer macht das beim nächsten Spiel?"

Das hatte auch seine Besonderheiten. Vier Einzel wurden jeweils erst im 3. Satz entschieden; dabei gab es außerdem drei Tie-Break-Spiele. Um 20:30 Uhr stand es dann 3:3. Da unser Verein auf zwei Plätzen Flutlicht hatte, wurden die Doppel noch gespielt. Um 22:45 Uhr stand es 6:3. Ob das Flutlichtspielen wohl ein Heimvorteil war? Jedenfalls waren alle zufrieden, dass man das Spiel zu Ende gebracht hatte.

Mit den zwei Siegen „im Rücken" spielte es sich doch leichter – das nächste Spiel wurde auch 6:3 gewonnen. Und im letzten Spiel wurde ein 5:4 erkämpft, obwohl man in der Summe 91:95 „verloren" hatte. „Das ist der Ausgleich zu unserer 4:5 – Niederlage im ersten Spiel, als es 97:92 für uns stand", stellte ich fest. Mit nunmehr 4:2 Punkten war das Saisonziel „Klassenerhalt nach Aufstieg" gut erreicht worden. Danach hatte es nach dem 0:2 – Start wahrlich nicht ausgesehen. Na ja, zwei Siege waren reichlich glücklich zustande gekommen, aber die „Doppelstärke" war beeindruckend.

21 Regen- oder Rechenspiel

Wie erging es denn in dieser Saison den Seniorinnen? Vor dem letzten Spiel hatten sie 1:4 Punkte. Den einen Sieg hatten sie zwar mit 7:2 „sicher" errungen, aber so klar nur deshalb, weil zwei gegnerische Spielerinnen mit Zerrungen aufgeben mussten. „Die Gruppe ist dieses Jahr sehr, sehr stark", befand die Mannschaftsführerin. Das bestätigte im letzten Spiel auch ihre Kollegin aus Goch: „Wir spielen ja schon seit etlichen Jahren in dieser Klasse; so gut waren die Mannschaften bisher noch nie." Es bestand genügend Zeit zum Erfahrungsaustausch; denn es regnete. Der Sportwart und ich nutzten die Zeit, um rechnerisch zu ermitteln, mit welchem Spielergebnis denn der Klassenerhalt geschafft werden konnte. Dabei half der klare 7:2-Erfolg. Wir kamen zu dem Ergebnis, dass eine 4:5-Niederlage ausreichen würde, behielten diese Erkenntnis aber zunächst für uns, damit unsere Damen sich darüber „keinen Kopf machten". Es wurde dann spannend. Als es 3:2 und beim letzten Einzel im 3. Satz 2:2 stand, kam eine Regenunterbrechung. Beide Spielerinnen erhielten reichlich „gute Ratschläge", wie sie das Spiel gewinnen könnten. Nach der Regenpause ging es „für alle zum Zittern" weiter: 3:3, 4:4, 5:4 – Matchball, abgewehrt, 5:5, 5:6 – Matchball, abgewehrt, 6:6, Tie-Break 8:10, schade! Das 3. Doppel verlor, das 2. Doppel gewann: 4:4. Im 1. Doppel stand es 3:6, 6:2 – da kam wieder eine Regenunterbrechung. Die Gocher Damen waren nach dem verlorenen Satz froh, sich neu einstellen zu können. Irgendwie bekamen sie aber wohl falsche Tipps; denn sie verloren den 3. Satz glatt mit 1:6. Der Hinweis unseres Sportwartes an „seine" Damen: „Ihr seid jetzt gut drauf, ändert nichts, macht genau so weiter!" war offensichtlich genau richtig gewesen. Später wies er darauf hin, dass ein 4:5 auch zum Klassenerhalt gereicht hätte. Da hieß es: „Nö, nö, wir haben zwei Siege, das ist viel besser so!"

Übrigens,

wussten Sie schon, dass der beste Aufschlag mancher Tennisspielerinnen ihr Augenaufschlag ist?

22 Wechsel zu den Herren 45

1993, mit 46 Jahren, gab es bei mir eine wesentliche Veränderung. Zusammen mit zwei Kameraden aus der Jungseniorenmannschaft wurde ich „Tennis-Senior", wechselte also zu den Herren 45. Der Sportwart, Mannschaftsführer der Herren 45, hatte schon seit zwei Jahren darum geworben: „Wir brauchen dringend eine Verjüngung; meine Mannschaftskollegen können Herren 60 spielen." Er selber war inzwischen 56 Jahre alt. Der „Generationswechsel" brachte für ihn allerdings eine Überraschung mit sich. Meine zwei „Mitwechsler" wollten mich gerne als Mannschaftsführer behalten: „Der kümmert sich so toll um alles, schreibt uns Briefe mit Wegebeschreibungen und Informationen über die Gegner, bespricht jeweils die Doppel-Aufstellungen mit allen, hat immer gute Sprüche drauf und kann die meisten Witze erzählen." Die übrigen Herren 45 schlossen sich diesem Vorschlag an. Der Sportwart befand seine „Abwahl als Mannschaftsführer" gar nicht negativ. Zum einen waren wir zwei ja befreundet, zum anderen hatte er als Sportwart „genug um die Ohren". Dementsprechend votierte er selber für den Coach-Wechsel. Ich hatte mich selbstverständlich aus der Diskussion vollkommen herausgehalten, nahm die Wahl aber an.

Gleich beim ersten Spiel in Lindental war es gut, dass ich mich vorher bei deren Mannschaftsführer nach dem Weg zur Anlage erkundigt hatte; denn die lag reichlich versteckt am Ende eines Feldweges. Als wir ins Clubhaus kamen, saß dort die heimische Damenmannschaft beim gemeinsamen Frühstück. Unsere Versuche, mit dazu eingeladen zu werden, scheiterten allerdings – für die Senioren war im Raum nebenan der Kamin angemacht worden ...

Auf dem Weg zum Platz stimmte unsere Nr. 6 seinen Gegner schon mal auf das Spiel ein: „Wir haben vor drei Jahren schon mal gegeneinander gespielt. Da habe ich doch hoch zurückgelegen und dann im Tie-Break noch gewonnen." Darüber dachte der so Informierte wohl intensiv nach. Den ersten Satz verlor er 2:6. Im zweiten lag er 5:2 vorne – und verlor im Tie-Break. Unser Mann stellte zufrieden fest: „Wie vor drei Jahren!" Merkwürdig verlief auch mein Spiel. Ich lag im ersten Satz 1:4 zurück. Von einem Mannschaftskameraden wurde ich beim Seitenwechsel nach dem Spielstand gefragt. Ich sagte: „Ich bereite mich gerade voll konzentriert auf den dritten Satz vor." Ich gewann 4:6, 7:5, 6:1. Stunden später beim gemeinsamen Essen wunderte sich mein Gegner immer noch, wieso mir bei 1:4 im ersten Satz klar war, in den dritten Satz zu kommen. Die anderen Spiele verliefen „glatt für uns". Mit dem 9:0 – Sieg begann die Saison vielversprechend.

Die nächsten drei Spiele wurden mit 7:2, 9:0 und 6:3 gewonnen. Der „Generationenwechsel" machte sich also, wie erhofft, bemerkbar. Es war vor der Saison schon spekuliert worden, dass man vielleicht sofort aufsteigen könnte. Dann kam das „Aufstiegsspiel" in Repelen – die hatten zuvor auch alle Spiele klar gewonnen. Es war an dem Tag „herrliches Tenniswetter". Oder war es doch zu heiß? Unsere Nr. 6 war 12 Jahre älter und etwa 20 kg schwerer als sein Gegner, damit im Spiel chancenlos. Unsere Nr. 2 (der Sportwart) machte es spannend - Tie-Break im 3. Satz: 1:4, 2:5, 4:5, 5:5, 6:6, 7:7, 9:7! Vielleicht hatte ich (an 4) vom Nebenplatz zu oft auf den Spielstand geachtet; ich verlor den 3. Satz 5:7. Mein Doppelpartner, der später zur Anlage kam, fragte: „Hat ihm denn keiner einen Schnaps gegeben?" Nach den ersten drei Einzeln stand es also 1:2. Unsere Nr. 1 gewann glatt – 2:2. Beim Spiel der Dreier gab es heftige Diskussionen, der Spieler untereinander und auch noch mit Zuschauern. Erstmals erlebte ich, dass mit einem Schiedsrichter gespielt werden musste. Unser Mann bekam aber seine Nerven nicht mehr in den Griff – 2:3. Die Streitereien bei dem Spiel hatten auf dem Nebenplatz wohl unsere Nr. 5 mehr als seinen Gegner gestört; er verlor auch im 3. Satz – es stand 2:4. „Wir haben drei Spiele nur knapp im dritten Satz verloren; da ist in den Doppeln durchaus noch was drin!" versuchte ich zu motivieren. Das gelang mir auch für zwei Doppel – nur bei meinem eigenen Doppel reichte es nicht. Bei 4:5 im dritten Satz vergaben wir vier Breakbälle – 4:6 im Doppel, 4:5 im Aufstiegsspiel, da war bei uns natürlich die Stimmung „auf dem Nullpunkt". Wir verabschiedeten uns zügig nach dem Essen von den Gewinnern; sie sollten ohne unsere Trübsal feiern. Nach Rückkehr zum Clubhaus wurde bei uns die Niederlage unterschiedlich „verarbeitet". Einer verschwand wortlos, einer sagte: „Ich muss mich jetzt mal erst an meinen Fischteich setzen". Einer zog sich mehrere Biere rein. Ein anderer tröstete sich an der Theke mit Sekt und zwei

Jungseniorinnen, die irgendwann seine stark behaarte Brust recht attraktiv fanden. Der Sportwart und Ex-Coach grübelte darüber nach, ob eine andere Doppelaufstellung mehr Chancen gehabt hätte. Mein Doppelpartner befand: „Leute, es gibt doch wichtigere Dinge als Tennis!" Das konnte ich ihm an dem Tag allerdings nicht glauben ...

23   Abstieg

Nach dem knappen Klassenerhalt im Vorjahr strebten die Seniorinnen „einen sicheren Platz im Mittelfeld" an. Vor Saisonbeginn aber erhielt die Mannschaftsführerin lauter „Hiobsbotschaften": Eine Spielerin wird am Arm operiert, zwei haben Schmerzen im Arm, eine hat Knieprobleme – und es steigen in diesem Jahr drei Mannschaften ab ...

Gleich beim ersten Spiel in Krefeld fing es „grausam" an. Drei Spiele wurden im Tie-Break verloren, Angelika hatte bei 5:4 Satzball, verlor 5:7, Nr. 5 verlor nach 4:2 – Führung 4:6. Und die Nr.1 (mit Armschmerzen) verlor erstmals ein Medenspiel; die Gegnerin war eine „Schnibbelkünstlerin". 0:6 nach den Einzeln – das hatten die Damen ja noch nie erlebt. In den Doppeln wurde zwar noch ein Ehrenpunkt geholt, aber der änderte an der Stimmung so wenig wie mein Versuch zur Aufmunterung: „Lieber einmal hoch statt mehrmals 4:5 verlieren!"

Beim Heimspiel gegen Rheindahlen fing alles viel besser an. Zwar stand es nach den ersten drei Einzeln 1:2, aber 1, 3 und 5 gingen in ihren ersten Sätzen klar in Führung. Dann kam „der große Regen"; die Plätze waren nicht mehr bespielbar. Am nächsten Tag war es „wie verhext"; 3 und 5 „waren von der Rolle", nur 1 gewann noch – statt des am Vortag erhofften 4:2 stand es 2:4. Im 3. Doppel „streikte dann das Knie" (s.o.), so dass die Spielerin im zweiten Satz vom Platz humpelte. Die 1 „versemmelte" zwei Über-Kopf-Bälle; das Doppel verlor 6:8 im Tie-Break.

Da nutzte ein gewonnenes Doppel wenig. Stand nach der 3:6 – Niederlage der Abstieg (3 Mannschaften!) schon fest?

Es kam jedoch noch schlimmer. Mitte Mai, beim Spiel in Holzbüttgen, war es „brüllend heiß". Zunächst wurde ein mögliches 3:3 in den Einzeln nicht geschafft, weil „das Knie" nach 2 ½ Stunden wieder zur Aufgabe zwang. Für den Fall war vorsorglich eine „Alt-Seniorin" mitgefahren. Sie hatte die ganze Zeit als Zuschauerin in der Sonne gesessen. Im 2. Satz des Doppels sackte sie plötzlich in sich zusammen und lag reglos auf dem Platz. Zwar war sie ansprechbar, aber sie verkrampfte immer mehr. Ich umarmte sie und sprach „beruhigend" auf sie ein. Dabei zeigte ich ihr auch, wie sie sich bemühen sollte, langsam zu atmen: „Luft anhalten, anhalten – ausatmen! Luft anhalten, anhalten – ausatmen!" Als es ihr etwas besser ging, veranlasste ich sie, viel Wasser zu trinken. So ganz allmählich stabilisierte sich ihr Kreislauf. Natürlich war umgehend auch ein schattenspendender Sonnenschirm geholt worden. Als der angerufene Notarzt zum Platz kam, bestätigte sein Messgerät, dass der Blutdruck wieder in Ordnung war. Die Doppel wurden nicht mehr fortgesetzt. Das 2:7 war an dem Tag völlig unwichtig.

Diese Niederlage war, wie sich am Ende der Saison zeigte, tatsächlich unwichtig; denn Holzbüttgen gewann alle Spiele und stieg auf. Als „wichtig" stellte sich dann aber die unglückliche 1:8 – Niederlage im ersten Spiel heraus. Zum Schluss hatten drei Mannschaften ein Gesamtergebnis von 2:4. Selber hatte man in der Saison noch 5:4, 3:6 und 8:1 gespielt. Der 8:1 – Sieg nutzte aber nichts, da er gegen die Tabellenletzten errungen worden war. Bei den punktgleichen Mannschaften entschieden die drei gegeneinander erzielten Ergebnisse – und da gab dann das 1:8 gegen Krefeld den Ausschlag für den Abstieg. Ich wurde mit meiner damaligen Feststellung, einmal 1:8 wäre besser als mehrmals 4:5 „eines Besseren belehrt" – Mist!

Es gab aber doch noch etwas Gutes anzumerken: Angelikas Armschmerzen hatten nach Kauf eines neuen Schlägers aufgehört. Als sie mit dem neuen Schläger gewann, stellte der Mann einer Mitspielerin fest: „Siehst Du, ich habe Dir doch schon lange gesagt, Du sollst die alte Krücke wegschmeißen." Na, immerhin hatte er damit wohl nicht mich gemeint.

24   Was so alles passieren kann

Nach der „Leidensgeschichte bis hin zum Abstieg" hieß das neue Ziel der Seniorinnen in der nächsten Saison „Wiederaufstieg". Im Unterschied zum Vorjahr waren anfangs auch alle „topfit".

Das hätte sich beinahe vor dem ersten Spiel dramatisch geändert. Der Sportwart, Mann der Mannschaftsführerin, war Fahrer für drei Damen zum Auswärtsspiel nach Rosellen. Locker im Gespräch vertieft übersah er, dass eine Ampel auf Rot sprang. Zwei Frauen schrien laut: „Achtung!!!" Der Fahrer machte eine Vollbremsung, riss das Lenkrad herum und vermied einen Zusammenstoß um wenige Zentimeter. Nachdem er den Vorfall mit dem anderen Fahrer geklärt hatte, musste er feststellen, dass die drei Damen kreideblass im Auto saßen. Immerhin hatte sich bei der Vollbremsung keine von ihnen verletzt. Der Sportwart versuchte, die Stimmung zu entkrampfen: „Keine Sorge, ich kenne die weitere Strecke. Es kommt jetzt keine Ampel mehr."

Weiter nervenaufreibend verliefen dann aber die Spiele; vier gingen in den dritten Satz, zweimal wurde erst im Tie-Break gewonnen. Selbst die Nr. 1 bekam Probleme, obwohl ihre Gegnerin mindesten 10 kg zu viel mit sich rumschleppte. Aber sie spielte „knallharte" Vorhandbälle aus dem Stand und redete während des Spiels ständig: „Ja, so einen Schlag kann man nicht lernen … Eh, spiel doch nicht so schnell … hä, da staunst Du, was?" Es war deshalb nicht verwunderlich, dass sie den ersten Satz gewann. Der 1 wurde dann von der Mannschaftsführerin gesagt: „Du klappst jetzt mal die Ohren runter und hörst nicht mehr auf das Gequatsche! Du hast garantiert die bessere Kondition. Sieh zu, dass Du in den dritten Satz kommst." Das gelang mühsam mit 7:5. Der 3. Satz war danach mit 6:2 „nur noch Formsache." Die einzige, die dieses Mal zügig fertig wurde, war Angelika. Mit dem neuen Schläger und schmerzfreiem Arm spielte sie „wie befreit". Ihre Gegnerin fragte: „Kann der mal jemand einen Knoten in die Beine machen, damit die nicht mehr so rennen kann?" Angelika holte mit ihrem Sieg (6:4, 6:3) den so wichtigen „vierten Punkt". Somit brauchte für den Gesamtsieg ja „nur noch" ein Doppel gewonnen zu werden. Das erste Doppel ging auch zügig 6:2, 5:2 in Führung – da zogen Gewitterwolken auf. „Macht schnell, damit wir nicht nochmal fahren müssen", bekamen die Damen beim Seitenwechsel zu hören. Das ging schief: 5:3, 5:4, 5:5 – Platzregen. Man musste am nächsten Tag doch nochmal anreisen. Da gewann das erste Doppel den Satz dann im Tie-Break, so dass „alles klar" war. Das beflügelte Doppel 3, das am Vortag den ersten Satz 1:6 verloren hatte; es gewann 6:1, 7:6. Auch das zweite Doppel wurde im 3. Satz im Tie-Break entschieden, aber für Rosellen. „Na, da hat sich die Fahrt heute ja doch noch gelohnt", war die Mannschaftsführerin nach dem hart erkämpften 6:3 – Sieg erleichtert.

Die beiden nächsten Spiele wurden „ohne besondere Vorkommnisse" 7:2 und 6:3 gewonnen. Dann ging es nach Vorst. „Die sind stark!" war man gewarnt worden.

Nach der Begrüßung meinte der Sportwart skeptisch: „Die sehen alle noch so jung aus." Ich hielt dagegen: „Nach den Spielen werden sie hoffentlich ganz schön alt aussehen." Das traf dann zumindest schon mal nach den ersten drei Einzeln zu – Rheinberg führte 3:0. Allerdings gab es dabei durchaus zwei Besonderheiten. Die Mannschaftsführerin, auf 2 spielend, gewann mit „knallrotem Kopf" 7:5 im dritten Satz. Ihr Mann, der Sportwart, wunderte sich: „Ich verstehe das nicht. Die tut nichts für Ihre Kondition, aber wenn es darauf ankommt, ist sie fit, wenn auch mit hochrotem Kopf." Er bekam zu hören: „Das ist doch klar. Wenn sie so glüht, ist sie heiß aufs Spiel und hat dafür die richtige Temperatur." „Ach, so ist das!" Die andere Besonderheit passierte bei der Nr. 4. Sie biss beim Seitenwechsel in eine Tafel Schokolade, stutzte während des nächsten Spiels, hielt sich ein Tempotaschentuch vor den Mund – und rettete eine Goldkrone, die sich wohl bei dem Biss gelöst hatte. Daraufhin verlor sie die nächsten drei Spiele, hatte sich erst im Tie-Break von dem Schock erholt und gewann den 10:8. Zwei Spiele gingen dann recht zügig „über die Bühne"; die 1 gewann, 5 verlor. Als Angelika „in den Dritten" ging und wegen der langen Ballwechsel kein Ende in Sicht war, marschierten alle anderen, außer mir natürlich, zum Clubhaus. Ich schützte mich mit einem Regenschirm gegen die unerbittlich scheinende Sonne, spendete bei den Seitenwechseln natürlich auch meiner Frau damit Schatten. Eine Vorsterin meldete irgendwann der „Kaffeerunde": „Auf dem Dreier steht es 4:1 für uns!" Als Angelika später, reichlich erschöpft, zum Clubhaus geschlichen kam, wurde sie tröstend in Empfang

genommen: „Schade, dass Du es nicht geschafft hast."
Angelika stellte ihre Tasche ab und sagte: „Wieso? Ich
habe doch 7:5 gewonnen." „Du hast noch gewonnen?!
Klasse, dann haben wir ja schon den fünften Punkt!" Sie
„durfte" daraufhin ihr Doppel verlieren; es gab wieder
einen 6:3 – Sieg.

Damit kam es gegen Viersen sogar zum Aufstiegsspiel.
Es fing aber schlecht an. Die Mannschaftsführerin stellte
fest, dass sie die Spielpässe im Auto hatte liegen lassen,
mit dem ihr Mann unterwegs war. Nr. 1 bemerkte, dass
sie ihr Spezialgetränk zu Hause hatte stehen lassen.
Meine Frau „fühlte sich nicht gut". Nun, ich holte die Pässe
und der Mann der 1 das Spezialgetränk. Die Meldung
„Pässe sind da" kam jedoch zu spät; das Spiel der
Mannschaftsführerin auf 2 ging verloren. 4 gewann, 6
verlor – es stand 1:2. Bei der 1 half das Spezialgetränk
dieses Mal nicht. Viersen hatte auf 1 eine „Neue"; die
hatte im Vorjahr in der Regionalliga gespielt. Es war ein
tolles Spiel, endete letztlich mit 3:6, 6:4, 6:3 für Viersen.
Hoffnungen kamen auf, als die 5 gewonnen hatte und
Angelika wieder in den 3.Satz ging. Dieses Mal wurde sie
nicht alleine gelassen, sondern alle, die auf der Anlage
waren, versammelten sich am Platz. Mal jubelten die eine,
mal die andere Seite. Bei 5:4 hatte Angelika drei
Matchbälle – sie verlor 5:7; es stand 2:4. Als man dann
3:6 verloren hatte, wurde nochmal den vergebenen
Matchbällen von Angelika nachgetrauert. Ein paar Tage
später wurde klar, warum sie sich „nicht gut gefühlt" hatte
– krankheitsbedingt konnte sie einige Wochen überhaupt
kein Tennis mehr spielen.

25   Spaß gehabt!?

Nach dem verpassten Aufstieg im letzten Jahr sollte er für die Senioren verständlicherweise im zweiten Anlauf geschafft werden. Das war zunächst meine „Vorgabe" als Mannschaftsführer. Als Rückmeldung bekam ich: „Tennisarm – Wasser im Knie – Rückenschmerzen – Nackenprobleme – Ischiasnerv eingeklemmt".

Zum ersten Spiel gegen Krefeld-Hüls reisten zwei Gesunde und fünf „Halbinvaliden". Erst vor Ort auf der Anlage wurde dann entschieden, wer zum Einsatz kam. Im Einzel wurde „der Ischiasnerv", im Doppel „das Knie" geschont. Es stellte sich, für uns erfreulicherweise, heraus, dass wir gegen die schwächste Mannschaft in dieser Saison spielten: 9:0! Oder waren die gemeldeten Krankheiten doch nur halb so schlimm gewesen? Als ich nach Hause kam, forderte ich meinen älteren Sohn auf: „Frag mich doch mal, wie wir gespielt haben." Er meinte: „Das interessiert mich zwar eigentlich nicht richtig, aber sag schon." „9:0!" „Aha, Spaß gehabt!?"

Im zweiten Spiel lief es längst nicht so glatt. Nr. 6 fühlte sich „irritiert und falsch behandelt", als ich ihm nach zwölf Minuten Einschlagen zurief: „Anfangen!" Er verlor 0:6, 4:6. „Ich durfte mich ja nicht lange genug einschlagen", war seine Begründung. Der Sportwart (an 2) und ich (an 4) machten es spannend. Er führte im ersten Satz 4:1, verlor 4:6. Mein erster Satz lautete: 3:1, 3:4, 5:4, 5:6, 6:6, Tie-Break 7:4. Der Sportwart gewann dann 6:4, 6:1. Ich verlor

1:6 und lag 2:4 zurück. Unsere 1 rief mir vom Nebenplatz, als er sich dort einschlug, zu: „Komm, glaub an Dich, Du kannst das noch schaffen!" Meine Frau sagte beim 3:4 – Seitenwechsel: „Der ist platt, Du packst das!" Tatsächlich gewann ich nach über drei Stunden 6:4. Euphorisch äußerte ich: „So, jetzt steigen wir auf!" Nun ja, zwar gewannen wir dann 7:2, aber bekamen gesagt: „Wir haben letzte Woche gegen Fischeln verloren; die sind auch ganz schön stark!"

Am nächsten Sonntag war bei uns „Konfirmation" – ich fiel also für das Heimspiel gegen SG Krefeld aus. Vorsorglich teilte ich dem Team noch mit: „Wenn sich einer verletzt oder es ganz eng wird, ruft mich an, dann komme ich zum Doppel." Nach dem Kaffeetrinken hielt ich es zu Hause nicht mehr aus und fuhr zur Anlage. Am Tor kam mir die 1 entgegen: „Gut, dass Du kommst, hast Du Deine Sachen dabei? Es sieht ganz mies aus. Ohne Dich haben die Jungs nervlich total versagt." Ich wurde blass. Da kam der nächste Kamerad und strahlte mich an: „Na, ist das ein schönes Konfirmationsgeschenk?" „Wie steht es denn nun?" „5:0 – hat Wolfgang Dir das denn nicht gesagt?" Der kam grinsend von seinem Auto zurück; er hatte sich eine „Siegerzigarre" geholt. Ich fuhr beruhigt zurück zur Familienfeier. Nach dem 9:0 wurde dann am Donnerstag beim Training natürlich gefrotzelt, es liefe gut, wenn ich nicht dabei wäre.

Dann ging es nach Fischeln, vor deren Spielstärke wir ja „gewarnt" worden waren. Nun, zunächst fing es auch recht schwierig an. Unsere 2 verlor den ersten Satz. Sein

Gegner redete ständig laut mit sich selbst: „Ja, gut so ...
Mann, für den Schlag habe ich ja Zuchthaus verdient ...
bleib hinten, bleib hinten ..." Nachdem unser Sportwart
sich daran gewöhnt hatte, drehte er das Spiel. Dabei
bekam er zu hören: „Bleibe ich hinten, mache ich Fehler,
gehe ich nach vorne, werde ich super passiert..." Völlig
andere Probleme hatte ich. Als ich den ersten Satz 2:6
verloren hatte, kam ein Mannschaftskollege zu mir und
sagte: „Pass doch mal genauer auf! Der gibt all Deine
Bälle, die kurz vor der Linie sind, aus." Als ich dann im
zweiten Satz bei einem Ball „Aus!" rief, zweifelte mein
Gegner das lauthals an. Da „flippte" ich aus. Das hatte es
noch nie zuvor gegeben, nutzte jedoch nichts, ich verlor
5:7. Der Kollege, der mich informiert hatte, war über
meinen Gegner so verärgert, dass er selber schlecht
spielte und auch verlor. Wir hatten dann beide „einen
dicken Hals". Der schwoll etwas ab, nachdem die anderen
Spiele gewonnen worden waren und es 4:2 stand. Im
Doppel spielten wir dann zusammen und uns „den Frust
vom Leib". Als es schließlich 7:2 stand, war „die Welt
wieder in Ordnung". Unsere Aufstiegsstimmung wurde
allerdings erneut gedämpft: „Wir haben gegen Vennikel
verloren; die müsst Ihr mal erst noch knacken!"

Und wir erhielten einen weiteren Dämpfer. Am nächsten
Sonntag kam Marathon Krefeld. Gegenseitig wurde bei
der Begrüßung gefragt: „Wie habt Ihr denn bisher
gespielt?" (Anm.: Es gab noch keine Internetmeldungen.)
Die jeweiligen Antworten lauteten: „Bisher haben wir alle
Spiele gewonnen." Upps, damit hatten wir überhaupt nicht
gerechnet. Der plötzlich erhöhte Adrenalinspiegel sank

ein wenig, nachdem 2 und 6 relativ zügig gewannen. Bei mir dauerte es mal wieder länger. Zwar hatte ich den ersten Satz 6:1 gewonnen, aber dann lag ich 0:5 zurück. Bei 0:40 holte ich einen Ball am Zaun und sagte meinen Leuten: „Keine Sorge, den dritten Satz gewinne ich." Damit sollte ich aber nicht Recht behalten – ich gewann den 2. Satz noch 7:5! Mein Gegner „verstand die Welt nicht mehr": „Ich habe 5:0 und 40:0 geführt, dann verliere ich den Satz!?" Wir gewannen schließlich deutlich mit 8:1 – da rückte der Aufstieg doch schon sehr nahe, zumal Marathon gegen Vennikel, unseren letzten Gegner, gewonnen hatte.

Darauf angesprochen stellte der Mannschaftsführer von Vennikel bei der Begrüßung klar: „Ja, gegen die haben mir drei Stammspieler gefehlt; heute sind wir komplett." Bei uns fehlte bei den Einzeln die Nr. 6; die war auf der Rückfahrt von einer Monte Carlo - Reise. Sein Ausfall im Einzel war, wie sich zeigte, aber kein Nachteil. Es war an dem Tag heiß, der Sechser von Vennikel gerade erst Senior geworden und sehr laufstark. Da passte es gut, dass diese Fakten fast genauso auf unseren Mann zutrafen; er war vor zwei Jahren zusammen mit mir zu den Senioren gewechselt. In Vennikel machte er eines seiner besten Medenspiele. Er gewann 6:4, 7:5 – sein Einsatz hatte sich also „gelohnt". Der Sportwart (auf 2) gewann auch zügig. Nur ich (an 4) lieferte wieder „mein" Drei-Stunden-Match. Bei 3:2 im dritten Satz hatte ich sechsmal Vorteil, brachte den Breakpunkt aber nicht durch. Mit 4:6 verlor ich schließlich diese Hitzeschlacht. Inzwischen hatte unsere Nr. 1 schon „kurzen Prozess" mit seinem

Gegner gemacht – es stand also 3:1. Unsere 3 verlor gegen einen „Schnibbelkönig". Dann zeigte unsere 5, dass wir auch so einen „Schnibbler" hatten. Das 4:2 nach den Einzeln „fühlte sich gut an." Rechtzeitig zu den Doppeln traf unser Monte-Carlo-Fahrer ein: „Ich kann die Jungs doch beim alles entscheidenden Spiel nicht im Stich lassen." Da war ich froh, denn ich war nach meinem Drei-Stunden-Match reichlich erschöpft. In Absprache mit meinen Leuten nominierte ich drei „Siebener-Doppel": 1+6, 3+4, 2+5. 2+5 war unser „eingespieltes Alt-Senioren-Doppel" - und das holte, wie erhofft, den „Aufstiegspunkt". „Da isser!" rief der Monte-Carlo-Rückkehrer laut und freute sich, dass er den Punkt, mit einem Rundschlag aus dem Halbfeld, perfekt gemacht hatte. Unser erstes Doppel gewann dann auch noch. Als das Zweite verlor, bekamen sie zu hören: „Seid Ihr Euch darüber im Klaren, dass Ihr damit jetzt den einzigen Doppel-Punkt in dieser Saison abgegeben habt!?" Na, das war aber ja wohl locker zu verkraften. Die Spieler aus Vennikel wunderten sich ein wenig, dass wir den Aufstieg nicht euphorisch feierten, sondern kurz nach dem gemeinsamen Essen losfuhren. Sie wussten ja nicht, dass „vorsorglich" von mir in unserem Clubhaus ein Fass Bier bestellt worden war. Als wir mit strahlenden Gesichtern und nach oben gehaltenen Daumen ins Clubhaus kamen, fing der Wirt sofort an zu zapfen. Irgendwann schallte dann über die Tennisanlage: „Sooo ein Tag, so wunderschöön wie heute …"

Etwas muss hier noch besonders erwähnt werden: Unser Sportwart war nun in drei Jahren nacheinander unbesiegt; er hatte eine 17:0 – Serie!!

26   FKK - Turnier

Tja, eine 17:0 – Serie und dann: „Tennisarm". Der Sportwart (Nr. 2) fiel mal erst aus. Die Nr. 1 kam aus Mallorca zurück und meldete: „Ich kann mich seitlich nicht bewegen, habe eine Adduktoren-Verletzung." Ohne 1 + 2 nach Aufstieg – das konnte nicht gut gehen. Vor dem ersten Saisonspiel meinte einer zwar: „Ach, wir spielen gegen Lindental? Gegen die haben wir doch vor zwei Jahren glatt gewonnen." „Irrtum", berichtigte ich: „Das war damals deren 2. Mannschaft, jetzt kommt die Erste." Nach der 2:7 – Niederlage wurde dann natürlich darüber spekuliert, wie es wohl mit 1 + 2 ausgegangen wäre; aber (s.o. S. 68) „wenn und hätte" nutzten nichts.

Nachdem das zweite und dritte Spiel auch 2:7 verloren wurden und die Stimmung „im Keller" war, stellte ein Spieler fest: „Ich weiß gar nicht, was Ihr habt. Vor ein paar Jahren haben wir alle Spiele 0:9 verloren, jetzt haben wir immerhin schon dreimal 2:7 gespielt." So richtig lachen konnte darüber jedoch keiner.

Den Hinweis hätte er vielleicht besser nicht gemacht; denn das nächste Spiel wurde 0:9 verloren. Es kam für ihn selber aber noch viel schlimmer: Er erlitt bei seinem Einzel einen Muskelfaserriss.

Notgedrungen stellten sich beim nächsten Spiel, gegen Osterath, 1 + 2 auf den Platz. Ich hatte zuvor klar gestellt: „Die Mannschaft, die das Spiel verliert, steigt ab!" Da mussten wir doch versuchen, durch das Aufstellen von 1 und 2 „hinten Punkte zu holen." Nun, die „Tennisarm-Schmerzen" waren zu heftig: 0:1. Ich bekam einen „Hoch-Weich-Spieler": 0:2. Bei unserer Nr. 6 stand es 2:6, 6:4, da bekam er Schmerzen in den Waden. Er bat seinen Gegner um eine „Behandlungspause". Da sie sich zuvor bei jedem Seitenwechsel ausführlich und nett unterhalten hatten, gab es die Pause problemlos. Die Waden wurden intensiv eingerieben und massiert. Frisch durchblutet erliefen sie ein 6:3. Selbstverständlich erhielt der Gegner ein „Trost- und Dankeschön-Bier". Und dann zahlte sich der Einsatz der Nr. 1 aus. Beim Einschlagen zog sich sein Gegner eine Zerrung zu: 2:2. Nach den letzten beiden Einzeln stand es 3:3. Die Überlegungen vor den Doppeln lauteten: „Deren Nr.1 fällt aus. Wolfgang (der mit den Adduktoren-Problemen) hat kein Einzel gespielt; Doppel müsste also möglich sein. Er spielt heute mit Paul, der kann am Netz rumtoben. Siggi (Tennisarm) spielt mit Hans (mit eingeriebenen Waden) wieder das 3. Doppel; das packen die. Ich spiele im Doppel garantiert wieder besser als im Einzel; bei mir kann Karl dann am Netz rumtoben." – Und genau so lief es in Doppeln; wir gewannen 6:3. Na, da hatte ich als Coach ja alles richtig gemacht (mit Ausnahme meiner Einzelniederlage).

Erwähnenswert war noch ein Thema bei den „Seiten-Wechsel-Gesprächen" unserer Nr. 6: „Am Vatertag gibt es bei uns ein FKK-Turnier." „Wie bitte, FKK-Turnier, auch mit Frauen?" „Ja klar, auch mit Frauen, sonst macht es doch keinen Spaß." „Aber Eure Zäune und Hecken sind doch gar nicht hoch genug als Sichtschutz." „Wir brauchen keinen Sichtschutz." „Kriegt Ihr denn dann keine Zaungäste?" „Nö, bei unserem Freibier – Kaffee – Kuchen – Turnier sind Gäste herzlich willkommen."

Beim nächsten Spiel in Homberg gab es Aufregung. Ein Spieler hatte mir gesagt: „Ich bin unterwegs und komme direkt nach Homberg. Ich weiß, wo die Plätze sind." Fünfzehn Minuten vor Spielbeginn war er aber nicht auf der Anlage. Dann klingelte im Clubhaus das Telefon: „Ich bin in ein paar Minuten dort. Ich bin hier beim TV Homberg." Wir spielten jedoch gegen GW Homberg. Na, deren Mannschaftsführer nahm die Verspätung locker: „Das ist nicht das erste Mal, dass das passiert; die Platzverwechselung kennen wir." Er spielte später selber gegen den „Zu-Spät-Kommer" und gewann mit 6:4, 6:4. Aha, war er also „siegessicher" großzügig gewesen? Für uns kam etwas Hoffnung auf, weil der Sportwart sich eine „Tennisarmspange" gekauft und den Arm intensiv hatte behandeln lassen. Beim 6:2, 6:2 spielte er „wie in alten Zeiten". Da außerdem die Nr. 1 gemeldet hatte: „Die Adduktorenschmerzen sind fast weg", wurde auch auf 1 gewonnen (6:3, 7:6). Das waren dann aber die beiden einzigen Einzelsiege. Trotzdem kam nochmals Hoffnung auf, nachdem zwei Doppel gewonnen wurden und es im dritten Doppel 7:5, 5:4 stand. Der Sportwart hatte Aufschlag. Ausgerechnet da „meldete sich" der Armschmerz. Sein Partner stellte später fest: „Bis dahin hatte er super gespielt, das Aufschlagspiel kriegte er nicht durch." Das Doppel verlor den zweiten Satz noch 5:7, den dritten mit Schmerzen 2:6. War das 4:5 Endergebnis die Abstiegsniederlage?

Vor dem letzten Spiel beschwor ich meine Mannschaft: „Gegen Fischeln müssen wir gewinnen!" „Gegen die haben wir doch im Vorjahr 7:2 gewonnen." „Nein, das war TF Fischeln, jetzt kommt TC Fischeln." Wir gewannen aber „sensationell" wieder 7:2! Allerdings war die Sensation dadurch begründet, dass nur vier Spieler anreisten. Natürlich nahmen wir dieses Gastgeschenk dankbar entgegen – Fischeln und Osterath stiegen ab, wir waren „gerettet".

Übrigens, das verstehen nur Tennisspieler/innen:
„Hast Du was am Schläger?" „Nee, warum?" „Na wegen wählen!"

Und das Zitat eines Spielers nach einer Niederlage:
„Jungs, ich glaube, das ist nicht mein Jahrzehnt."

27 Saisonziel „Gesund bleiben"

Die Damen 40 nahmen sich zunächst ein völlig neues Saisonziel vor: „Gesund bleiben!" Nachdem sie dann das erste Spiel auswärts problemlos 8:1 gewonnen hatten, keimten aber erste „Aufstiegsgedanken".

Zum zweiten Spiel kam mit HTC Gladbach eine Mannschaft, die bei der Begrüßung „Aufstieg" als ihr Saisonziel äußerte. Nach den Einzeln stand es 3:3. Als die Senioren nach einer ihrer 2:7 – Niederlagen (s.o.) zur Anlage kamen, liefen dort noch die Doppel. Dabei stand es 6:4, 5:7 - 6:4, 4:4 - 7:6, 5:4. Nun gab es motivierende Anfeuerungen der Senioren. Plötzlich spielten die Damen „wie verwandelt"; sie gewannen „locker" alle drei Doppel. „Na, das habt Ihr ja wohl nur uns zu verdanken", meinte ein Senior. „So? Wie habt Ihr denn gespielt?" „Wir haben ganz schnell verloren, damit wir Euch noch unterstützen konnten."

Das dritte Spiel wurde wieder glatt 8:1 gewonnen. Einen Nachteil haben solche Siege. Es wird dann immer nur gefragt: „Wer hat denn den Punkt abgegeben?"

Dann ging es zum THC Viersen. „Dort spielen wir gegen deren Zweite. Gegen die Erste haben wir im Vorjahr das Aufstiegsspiel knapp verloren, dann werden wir jetzt ja wohl gewinnen." „Die sollten wir nicht unterschätzen! Die waren in ihrer Gruppe in der vergangenen Saison genau wie wir mit einer Niederlage Tabellenzweite." In Viersen staunte man zunächst über die „12-Platz-Anlage". Platz 1 war ein richtiger „Center-Court" mit Tribüne. Es fanden gleichzeitig drei Medenspiele statt. Die Damen 40 bekamen die Plätze 7, 8 und 9 zugewiesen. Hatten sie sich nun von der riesigen Anlage beeindrucken lassen oder waren ihre Gegnerinnen stärker als erwartet? Als es nach den Einzeln 4:2 für Viersen stand, wurde erklärt: „Zwischen unserer 1. und 2. Mannschaft besteht kaum ein Unterschied; da kann jede gegen jede gewinnen."

Der Sportwart und ich als „Begleiter" wollten „auf den Schreck hin zur Beruhigung des Magens" mal erst etwas essen. Im Clubhaus gab es jedoch für uns nichts: „Entschuldigung, wir haben heute sechs Mannschaften zu betreuen, mehr geht einfach nicht." Man gab uns den Tipp, in einer nahegelegenen Gaststätte gäbe es leckeres und preiswertes Essen. Als wir dorthin kamen, hatte die Küche „geschlossen". Die dralle Kneipenwirtin meinte jedoch: „Ihr wollt noch was zu essen haben? Soll ich Euch was zaubern? Na gut, Ihr macht einen netten Eindruck; Ihr bekommt einen Zauberteller." Das Essen, ein „nicht definierbares Durcheinander", schmeckte zauberhaft. Als die Wirtin danach gefragt wurde, ob es denn auch noch einen Zaubertrank geben könnte, sagte sie: „Den könnt Ihr haben, aber wer holt Euch hier ab? Autofahren könnt Ihr dann nicht mehr!"

Als wir, ohne den Zaubertrank, zu den Plätzen 7, 8 und 9 zurückkamen, trauten wir unseren Augen nicht. Waren wir tatsächlich verzaubert worden? „Unsere" Nr. 1 hatte im Einzel „Traumtennis" (6:1, 6:2) gespielt und war jetzt im

Doppel „völlig von der Rolle". Zum ersten Mal seit langer Zeit verlor sie ein Doppel und musste von ihrer Partnerin getröstet werden: „Na hör mal, Du darfst doch auch mal schlecht spielen." Immerhin fühlten sich unsere Frauen (die des Sportwarts und meine) durch das Auftauchen ihrer Männer motiviert, den 3. Satz 6:4 zu gewinnen. „Im vergangenen Jahr 3:6 gegen Eure Erste, jetzt 3:6 gegen Euch – Ihr seid wirklich beide gleich stark. Das hat man selten!" „Wir haben aber 3:6 gegen Gladbach verloren, gegen die Ihr 6:3 gewonnen habt." „Na, dann wird wohl Marathon Krefeld aufsteigen. Die sind ja in der letzten Saison als Drittletzte abgestiegen und dementsprechend in unserer Gruppe an 1 gesetzt." „Wir müssen auch noch gegen die spielen." Auf der Rückfahrt wurde überlegt: „Wenn wir gegen Marathon gewinnen und Viersen gegen die verliert ..."

Gegen Marathon Krefeld war das nächste Heimspiel. Die Damen wurden von ihrem Sportwart begleitet. Der stellte bei der Begrüßung klar: „Wir haben im vergangenen Jahr sehr viel Verletzungspech gehabt. Wir wollen auch sofort wieder aufsteigen. Bisher haben wir alle Spiele glatt gewonnen. Gegen Euch haben wir vor zwei Jahren, als Ihr abgestiegen seid, ja 8:1 gewonnen. Unsere jetzige Mannschaft ist noch stärker als die vor zwei Jahren." Das hätte er vielleicht besser nicht gesagt; denn unsere Damen waren nun nicht geschockt, sondern zusätzlich motiviert. „Wir haben damals fast alle Spiele ganz knapp im dritten Satz verloren. Das 1:8 entsprach doch gar nicht dem engen Spielverlauf. Dem zeigen wir jetzt mal, wer besser geworden ist!" Als es nach den ersten drei Einzeln

2:1 für die Heimmannschaft stand, wurde der Krefelder Sportwart etwas nervös. Dann wurde er fast sprachlos, als Angelika mit ihrer Gegnerin „Katz und Maus" spielte: 6:1, 6:2. „Ist das wirklich wahr, dass Ihr gegen Viersen verloren habt?" sah er den Aufstiegsplan in Gefahr. Er wusste ja, dass Rheinberg noch eine „starke 1" hatte. Die hatte zwar vor zwei Jahren in Krefeld auch verloren, aber damals „Schmerzen im Arm" gehabt. Sie kündigte an: „Auf die Schnibbeltante habe ich mit meinem Mann diese Woche vorbereitet; gegen die verliere ich kein zweites Mal!" Gesagt, getan: 6:4, 6:4 – es stand „1:4 gegen den Sportwart". Beinahe wäre nach dem letzten Einzel schon alles klar gewesen, doch leider wurde das im 3. Satz im Tie-Break 8:10 verloren. Die Krefelder freuten sich verständlicherweise riesig, da ihnen so die Chance auf Doppelsiege noch offenblieb. Es kam hinzu, dass heftiger Regen einsetzte und die Doppel „vertagt" werden mussten. Die aufkommenden Hoffnungen bzw. Zweifel wurden am Sonntagnachmittag aber ganz schnell zerstört. Das erste Doppel gewann 6:2, 6:0 – da war der fünfte Punkt! Das 3. Doppel siegte 6:1, 7:5. Im 2. Doppel (die Frau des Sportwarts und Angelika) stand es 6:4, 4:6. Sie bekamen zu hören: „Wir brauchen den Punkt noch, damit wir bei einem eventuellen Dreiervergleich am Saisonende gut abschneiden und dann vielleicht doch noch aufsteigen können!" Angelika spielte plötzlich sehr ruhig und sicher. Ihre Partnerin stöhnte, lief, stöhnte, lief – und machte den Punkt zum 6:4. Es stand 7:2! Da hatte der Krefelder Sportwart eine „passende Antwort" auf seinen Hinweis „Wir sind stärker als beim 8:1 vor zwei Jahren" bekommen. Er gab seine Aufstiegshoffnungen jedoch noch nicht ganz auf: „ Wenn Ihr in Goch verliert und wir gegen Viersen gewinnen…"

Gegen Goch wurde 6:3 gewonnen. Als man beim Essen saß, klingelte im Gocher Clubhaus das Telefon. Der Sportwart von Marathon Krefeld rief an: „Wir haben 5:4 gegen Viersen gewonnen." Als er das Ergebnis aus Goch hörte, gratulierte er zum Aufstieg. Nun, ganz so weit war es zwar noch nicht, aber die Chance dazu war riesengroß geworden. Viersen hatte nun zwei Niederlagen; die waren „raus" aus dem Aufstiegsrennen. Marathon musste noch gegen Gladbach spielen. Eine von beiden Mannschaften würde dann also auch zwei Niederlagen haben. Gegen die Siegermannschaft hatte man den Vorteil des „direkten Vergleichs" – also musste „nur noch" das letzte Spiel gewonnen werden, um den Aufstieg perfekt zu machen.

Das letzte Spiel fand gegen die „Nachbarn" von GW Rheinberg statt. „Die kennen wir doch alle; die schlagen wir locker!" Nur die Mannschaftsführerin mahnte: „Es muss immer erst noch gespielt werden!" Es gab aber als „krönenden Abschluss" ein 9:0. Die Damen feierten dann gemeinsam, die einen den Aufstieg, die anderen den Abstieg. „Wir hatten in dieser Saison überhaupt nicht mit dem Aufstieg gerechnet. Und dann hatten wir ja auch in Viersen verloren. Am meisten freut uns, dass wir dem arroganten Sportwart von Marathon Krefeld die Saison verdorben haben." Ach ja, dessen Damen verloren sogar auch noch in Gladbach, die damit Zweite wurden. Die Senioren wiesen auf ihren Beitrag zum Aufstieg hin: „Wisst Ihr noch, wir hatten damals auswärts extra schnell verloren, um Euch noch unterstützen zu können. Wir kamen bei Eurem Spiel gegen Gladbach doch gerade rechtzeitig in der Endphase der Doppel und haben Euch dann zu den drei Doppelsiegen gepuscht." Nun, das sahen die Damen zwar nicht so, aber zum Sekt wurden die Senioren trotzdem eingeladen.

Übrigens Seniorinnen …

… auf dem Platz:
1: „Aus!"
2: „Jaaahh??"
1: „Ja, wirklich!"
2: „Dann muss der Platz seit gestern wohl ein wenig
*   eingelaufen sein."*

… beim Kaffeetrinken:
„Ich habe mich gestoßen und keinen Eisbeutel parat. Da habe ich eingefrorene Putenschnitzel auf die Schwellung gelegt; das hat gut geholfen." „Ja, ja, ich habe das mal mit eingefrorenen Bratwürsten so gemacht."

… in der Umkleidekabine:
„In unserem Alter ist das ja so – je länger Du in den Spiegel schaust, umso mehr musst Du wegschminken."

Das waren „20 Jahre Tenniserlebnisse am Niederrhein". Besser enden als mit „Aufstieg" könnten sie ja wohl nicht. In den nächsten zwanzig Jahren gab es „so ähnliche" Erlebnisse (Aufstieg, Abstieg, Diskussionen über Linienbälle, Verletzungen, ungewöhnliche Spiele) immer wieder mal. Jede/r Tennisspieler/in hat „so etwas" erlebt. Die „Tenniszeit in Rheinberg" war für meine Frau und mich mit der zuletzt geschilderten Saison zu Ende gegangen, weil ich beruflich „an den Mittelrhein" versetzt wurde.

Wir haben in Neuwied eine „neue Heimat" gefunden. Als wir, nach längerer Suche, ein Haus gefunden hatten und in Rheinberg berichteten: „Nur fünf Minuten entfernt gibt es eine große Tennisanlage", wurde uns gesagt: „Ja klar, so lange habt Ihr gesucht!"

Zum TC Solvay Rheinberg ist noch nachzutragen, dass er die Voraussetzungen zur Spielberechtigung irgendwann erfüllt hat und die Notlösung mit dem „Zweitverein" aufgehoben worden ist. Andere Rahmenbedingungen haben sich auch geändert. In „guten Zeiten" wurden die Plätze 7 und 8 sowie eine Dreifeldhalle gebaut. Als aber das Werk wirtschaftliche Probleme zu bewältigen hatte, die mit Personalabbau verbunden waren, musste das Budget für den Tennisclub verständlicherweise reduziert werden; u.a. wurden die Platzwart-Eheleute „outgesourct" und selbstständige Pächter. Die Mitgliedsbeiträge und Hallenstundenpreise wurden angehoben, blieben jedoch weiterhin moderat. Und seit einigen Jahren gibt es eine Boule-Bahn.

28   Vereinswechsel

Der Start beim TC Neuwied war interessant. Ich fuhr im April 1995 abends zur Platzanlage, um Informationen über den Verein zu erhalten. Auf dem Parkplatz standen zwar mehrere Autos, aber zunächst war nirgendwo jemand zu sehen. Ich vermutete: „Es wird wohl in der Halle gespielt." Deren Tür konnte ich jedoch nicht öffnen; offensichtlich benötigte man dafür einen Schlüssel. Auch das Tor zur Platzanlage war verschlossen. Als ich im Auto saß, um wegzufahren, kam ein Mann vom Clubhaus aus zum Parkplatz. Ich stieg aus, ging zu ihm, stellte mich vor und sagte: „Ich bin neu in Neuwied und interessiere mich für Tennis. Können Sie mir sagen, wie der Sportwart dieses Vereines heißt?" „Ich bin der Sportwart." Na, das war dann ja wohl eine „Punktlandung". Ich erhielt in der nächsten halben Stunde interessante Informationen und dann ergänzend auch schon Anmeldeformulare. „Ab wann möchten Sie denn Mitglied werden?" „Ab 01.07., im Moment haben wir noch zu viel mit Umzug und Einrichten zu tun." „Dann mache ich Ihnen ein Angebot. Eigentlich haben wir hier nur Jahresbeiträge, aber wenn Sie und Ihre Frau ab 01.07. zu uns kommen, berechnen wir Ihnen in diesem Jahr jeweils nur den halben Jahresbeitrag. Allerdings müssen Sie noch einen sogenannten Baustein zahlen. Damit werden neue Mitglieder an Investitionen der Vergangenheit für die Anlage beteiligt. Wenn Sie zu zweit eintreten, werde ich mit dem Vorstand sprechen, ob wir Ihnen dabei auch noch irgendwie entgegenkommen können. Vor ein paar Jahren ist es hier sogar erforderlich gewesen, einen Bürgen zu benennen, um aufgenommen zu werden. Damals sind wir der einzige Tennisverein in Neuwied gewesen. Jetzt gibt es mehrere Vereine, also durchaus etwas Konkurrenz um Mitglieder. Wir sind mit unseren fast 500 Mitgliedern und acht Plätzen aber einer der größten Vereine in Rheinland-Pfalz. Und wir haben eine Zwei-Feld-Halle, so dass wir im Winterhalbjahr hier auch spielen können. In der Informationsbroschüre, die ich Ihnen gegeben habe, steht meine Telefonnummer. Rufen Sie mich doch Ende Juni an; dann vereinbaren wir ein Mixed. Ihre Frau kann dabei eine Ansprechpartnerin kennenlernen. Selbstverständlich können Sie auch vorher schon hierher kommen, um sich weiter zu informieren, zum Beispiel an einem Wochenende, wenn Medenspiele stattfinden."

An den Wochenenden hatten wir dazu mal erst keine Zeit, aber das „Mixed-Angebot" nahmen wir gerne wahr. Der Sportwart stellte seine Partnerin vor: „Das ist unsere Jugendwartin. Sie kümmert sich zusammen mit mir um alles hier im Verein, spielt aktiv bei den Damen 40." Angelika und ich gewannen das Mixed glatt mit 6:3, 6:2. Anschließend meinte die Jugendwartin: „Mir ist gesagt worden, da kommen Neue, um die müssen wir uns kümmern. Ich bin davon ausgegangen, es handelt sich um Anfänger – und dann bekommen wir die Bälle um die Ohren gehauen. Sie passen bestimmt gut zu unseren Mannschaften. Die Damen 40 treffen sich donnerstags ab 17:00 Uhr, die Herren 45 mittwochs. Kommen Sie dann doch dazu." Der Sportwart ergänzte: „Ich habe mit dem Vorsitzenden gesprochen. Wir kommen Ihnen beim

Baustein entgegen, indem Sie zusammen nur einen bezahlen müssen." Man „bemühte" sich also um uns; zum 01.07.1995 wurden wir Mitglieder.

Der 09.07.1995 war ein Sonntag. Angelika und ich spielten von 11:00 bis 12:30 Uhr Tennis. Auf dem Platz nebenan spielten vier Herren, die „in etwa so alt wie wir" waren, Doppel. Gegenseitig wurde so hin und wieder beobachtet, wie denn da so gespielt wurde. Während einer „Trinkpause auf der Bank" sagte ich: „Die spielen auf meinem Niveau. Soll ich die gleich mal fragen, ob sie zu den Herren 45 gehören und mittwochs spielen?" „Ja, mach das", fand Angelika die Idee gut. Dazu kam es dann jedoch nicht. Als wir den Platz abzogen, kam stattdessen einer der Spieler zu uns, stellte sich vor und sagte: „Sie sind sicherlich neu im Verein, da keiner von uns Sie kennt. Wir haben gesehen, dass Sie gut spielen. Nächste Woche werden die Hallenstunden für die Wintersaison vergeben. Wir haben seit ein paar Jahren freitags von 19:00 bis 21:00 Uhr zu sechst gebucht. Jetzt hört aber einer auf und wir suchen einen Nachfolger. Hätten Sie Interesse, im Winter freitags mit uns Doppel zu spielen?" „Ja, gerne, selbstverständlich! Na, das ist ja ein toller Einstieg hier in den Verein." Der wurde dann am Donnerstag noch perfekter, als Angelika zu dem Treff der Damen 40 fuhr – auch sie erhielt ein Angebot „als Sechste im Winter in der Halle zu spielen". Die Damentruppe hatte donnerstags von 18:00 bis 20:00 Uhr Stunden gebucht. Und die Jugendwartin übernahm „Patenschaft für die Neue". Angelika erhielt Spielpartnerinnen vermittelt sowie

Informationen, wo man in Neuwied was am besten kaufen könnte – toll!

Ich erlebte zwei Wochen später noch etwas Besonderes. Samstagmittag klingelte das Telefon. Es meldete sich ein Vorstandsmitglied: „Ich habe Ihre Telefonnummer vom Sportwart erhalten. Haben Sie Zeit und Lust, ab 15:00 Uhr ein Doppel zu spielen?" Vermutlich hatte er einige Informationen über „die Neuen" erhalten und wollte mich jetzt mal persönlich kennenlernen. Er war etwa zehn Jahre älter und geschätzte zwanzig Kilo schwerer als ich. Die beiden anderen Spieler waren sogar zwanzig Jahre älter. Einer war ca. 1,90 Meter groß, breitschultrig, hatte längere, gewellte, graue Haare und war gebräunt, als ob er täglich Stunden auf dem Tennisplatz stände. Der andere war ca. 1,65 Meter klein und schmächtig. Der „braune Riese" spielte ganz hervorragend Tennis, bewegte sich dabei allerdings kaum. Sein kleiner Partner rannte für ihn mit und setzte die Bälle auch sehr gut. Mein Partner hatte zwar Ballgefühl, war aber zum Laufen zu schwer. Ich übernahm also den Laufpart, war aber längst nicht gut genug, um im Spiel mithalten zu können. Wir verloren 2:6, 2:6, 1:6. Immerhin hatte ich einige meiner Aufschlagspiele durchbekommen. Beim späteren Bier auf der Terrasse des Clubhauses erfuhr ich dann, dass der „braune Riese" kein Mitglied, sondern ein Gast war. „Das ist der Walter Kessler. Er wohnt in Koblenz und ist mehrfacher Senioren-Doppel-Weltmeister, fliegt zu Seniorenturnieren nach Australien und Amerika." Aha, deshalb sind mein Partner und ich so völlig chancenlos gewesen. Da hatte ich meiner Frau doch was zu erzählen: „Ich habe gegen einen Weltmeister gespielt!"

Sein Partner war aber auch „was Besonderes". Über ihn wurde mir berichtet: „Das ist ein sehr netter Kerl, aber er ist auch mit etwas Vorsicht zu genießen. Der hat Pfeffer im Hintern. Bei dem muss man aufpassen, dass er einem beim Seitenwechsel nicht mal eben irgendetwas verkauft. Hat er Sie mit seinen tollen Stoppbällen zur Verzweiflung gebracht?" Er spielte tatsächlich „Zauberstopps". Damit war er seit Jahren bei den Senioren „Dauer-Clubmeister". Ich bekam seine Stopps auch zu spüren – im wahrsten Sinne des Wortes. Im September, also im dritten Monat nach meinem Vereinseintritt, kam ich gegen ihn bei den Senioren-Clubmeisterschaften ins Endspiel. Das sorgte im Verein natürlich schon für Gesprächsstoff: „Der Neue ist im Endspiel!" Dann sprach es sich auf der Anlage wie ein Lauffeuer herum: „Der Neue führt im Endspiel!" Ich spielte ganz toll und gewann den ersten Satz 6:1. Es kamen immer mehr Zuschauer zu unserem Spiel. Auch im zweiten Satz ging ich 3:1 und 30:0 in Führung. Dann rannte ich zum x-ten Mal zu einem Stoppball ans Netz – zuckte zusammen: Oberschenkelzerrung. Clubmeister war wieder der „Stoppspieler".

29   Es muss etwas geschehen

Der „Baustein", den Angelika und ich im Juli als
Aufnahmegebühr zahlen mussten, war, wie sich ergab,
für uns auch etwas Besonderes - bei uns wurde er im TC
Neuwied „letztmalig" eingefordert. In den Folgejahren bis
2008 sank die Zahl der Mitglieder von fast 500 auf unter
300. Dafür war sehr wahrscheinlich bzw. hoffentlich nicht
unser Eintritt ursächlich. Zum einen gab es bundesweit
einen solchen Trend (s.o. S. 46), zum anderen war auch
im Verein „einiges im Argen". Das zeigte sich zum
Beispiel daran, dass ich nach zweijähriger Mitgliedschaft
schon gebeten wurde, Vorstandsarbeit zu übernehmen.
Mir wurde dazu gesagt: „Vor einigen Jahren wollte ein
Vorsitzender aus dem Verein etwas ganz Großes
machen. Er träumte von Spitzensport und fing an,
finanzielle Risiken für den Verein einzugehen. Die große
Mehrheit der Mitglieder war jedoch für Breitensport und
solide Haushaltsführung. Es wurde ein Ältestenrat zur
Kontrolle des Vorstandes einberufen. Die gut gemeinte
Aktion hat jedoch dazu geführt, dass der Ältestenrat bei
jeder Vorstandssitzung anwesend ist. Der Vorstand kann
keine Entscheidungen mehr treffen, die einem Mitglied
des Ältestenrates nicht gefällt. Diese Blockade der
Vorstandsarbeit kann nur ein Neuer, der im Verein keine
langjährigen, persönlichen Beziehungen hat, beenden.
Sie brauchen auf traditionelle Kontakte keine Rücksicht
zu nehmen. Wenn Sie beantragen, dass der Ältestenrat
nur bei finanziell wichtigen Beschlüssen mitwirkt, aber
nicht im Tagesgeschäft des Vorstandes, werden Ihnen

viele zustimmen; denn das entspricht der ursprünglichen Zielsetzung. Die Betroffen werden das allerdings wohl als Kritik verstehen und nicht begeistert sein." Ich ließ mich darauf ein. Als in der Jahreshauptversammlung gefragt wurde, ob ich bereit wäre, stellvertretender Vorsitzender zu werden, trug ich vor: „Im Prinzip ja, aber nur, wenn der Vorstand ohne eine Dauerkontrolle des Ältestenrates arbeiten kann." Etwa fünfzehn Minuten gab es daraufhin eine lebhafte Diskussion, die schließlich dazu führte, dass die drei Mitglieder des Ältestenrates gemeinsam ihr Amt niederlegten, zwei aus Verständnis für die angestrebte neue Effektivität der Vorstandsarbeit, einer aus beleidigter Eitelkeit.

Um „neuen Schwung ins Vereinsleben zu bringen", regte ich im Vorstand an, die Clubräume renovieren zu lassen. Deren Einrichtungen stammten aus den siebziger Jahren und waren „in dunkelbraun gehalten". Manche fanden das immer noch „bayrisch gemütlich", aber ich plädierte für eine „Aufhellung und Modernisierung der Räume". Mein Vorschlag, die Mitglieder schriftlich um deren Meinung zu befragen, war dann auch „etwas Neues" im Verein, wurde aber nach einigen Diskussionen angenommen. Dabei ergab sich: 67,3 % der abgegebenen Stimmen waren für eine Neugestaltung. Bei der daraufhin beschlossenen Modernisierung wurde viel Eigenarbeit geleistet, so dass die Kosten im geplanten Rahmen blieben. Angelika und ihre Mannschaftskolleginnen zum Beispiel kauften Stoffe für die Stühle und bezogen sie. Auch um neue, helle Gardinen kümmerten sie sich. Für die Theke wurde eine neue Einrichtung aus einem Insolvenzangebot günstig erworben. Als schließlich die „Neueröffnung in schönen, hellen Räumen" gefeiert wurde, ließen sich manche für das gute Gelingen loben.

Ähnlich war es mit meiner Idee, oberhalb von sechs Plätzen eine „Zuschauertrasse mit Bänken" einzurichten. Dort war „urwaldartiges Gestrüpp". Das Argument gegen eine Änderung lautete: „Dann muss das da gepflegt und sauber gehalten werden; das bringt Arbeit und etliche Folgekosten mit sich." Wieder sorgte ich in zahlreichen Gesprächen für eine Mehrheitsmeinung. Und erneut wurde viel an Wochenenden „in Eigenarbeit" geleistet; Heckenscheren und Spaten wurden dabei von zu Hause mitgebracht. Die Wege und eine Treppe wurden von einer Fachfirma angelegt. Sechs witterungsfeste, sehr stabile Holzbänke wurden von „Gönnern" gespendet; deren Namen wurden auf kleinen Schildern an den jeweiligen Bänken festgehalten. Als alle mit dem Ergebnis zufrieden waren, sagte ein Mitglied: „Da muss erst jemand nach Neuwied ziehen, um solch eine gute Idee zu haben. Wieso ist von uns nicht längst vorher einer darauf gekommen?"

Kontroverse Meinungen gab es dann bei der Planung der „100-Jahr-Feier" (2007). Der Kassenwart schlug, aus Kostengründen, vor, im Clubhaus zu feiern. Manche Clubmitglieder meinten, solch ein Fest müsste „groß" begangen werden und hielten die Neuwieder Stadthalle für angemessen. Ich vertrat wieder eine ganz andere Meinung: „Wir sind ein Tennisclub und haben, anders als viele Vereine, eine eigene Halle. Die bietet sich an, um in einem besonderen Rahmen zu feiern." „Nein, das geht nicht, da wird der Hallenboden beschmutzt und beschädigt. Für Damen mit Stöckelschuhen besteht das Risiko, dass sie im Teppich hängen bleiben und sich eventuell sogar verletzen. Die Halle sieht auch nicht feierlich genug aus." Ich argumentierte dagegen: „Den Hallenboden und die Stöckelschuhe schützen wir mit preiswerter Auslegeware. An den Wänden stellen wir Schautafeln mit historischen Fotos auf. Mit geliehenem Blumenschmuck sorgen wir für ein nettes Ambiente. In einem Hallenplatz stellen wir Stuhlreihen auf, im anderen Tische und Büffet." So nach und nach fand sich für diese Idee eine Mehrheit. Als dann am 28.04.2007, mit viel Eigenarbeit zahlreicher Mitglieder, alles entsprechend hergerichtet war, staunten die etwa 250 Gäste (u.a. Herr Ulrich Klaus, Präsident des TVR und ab 2015 des DTB) „wie schön die Halle aussah". Nun ja, ich erbrachte noch besondere Eigenleistungen, indem ich für den Verein die Festbroschüre formulierte und die Festrede hielt, in Versform und auswendig (s. Anhang I ab S. 116).

Die 100-Jahr-Feier hatte für den Verein interessante „Nebeneffekte". Mich hatte ziemlich gewundert, dass es in Neuwied fünf Tennisvereine, aber zwischen ihnen keinerlei Kontakte gab. Ich schlug vor, aus Anlass des Jubiläums auf unserer Anlage eine „Stadtmeisterschaft" zu organisieren. Als sich dazu die Vorsitzenden und Sportwarte zu einem Gespräch in unserem Clubhaus trafen, freuten sich alle, dass endlich „ein Verein die Initiative zur Zusammenarbeit ergriffen" hatte - und die funktioniert seitdem.

Eingeladen zur Feier war u.a. ein „ehemaliges Mitglied",
das als 18-Jähriger beim TC Neuwied in einer Oberliga-
Mannschaft gespielt hatte, nun einer der besten Senioren
in Deutschland und seit einigen Jahren in der Region ein
gefragter Trainer war. Er wurde gefragt, ob er sich
vorstellen könnte, Trainer beim TC Neuwied zu werden.
„Darüber können wir uns durchaus einmal unterhalten",
antwortete er. Das wurde mir als Vorstandsmitglied
berichtet: „Der hat nicht nein gesagt; ihr müsst an dem
dranbleiben!" Ich nahm Kontakt auf und ging mit ihm in
die Tennishalle. Auf dem dort aushängenden Plan zeigte
ich ihm, wie viele Stunden für den Trainer reserviert
waren. Der war seit 35 Jahren im Verein tätig und bald 65
Jahre alt; deshalb hatte die Suche nach einem Nachfolger
schon begonnen. Ich wurde gefragt: „Würden für mich als
Trainer auch so viele Stunden im Winterhalbjahr in der
Halle reserviert?" Als ich das spontan (ohne Abstimmung
mit den Vorstandskollegen) bestätigte, äußerte er: „Dann
komme ich so bald wie möglich zu Euch." Wenige Tage
später fand beim Vorsitzenden ein Treffen statt, bei dem
wesentliche Punkte mit dem neuen Trainer besprochen
wurden. Er musste dann noch seinen Vertrag mit dem
bisherigen Verein, der TC Neuwied den Vertrag mit dem
bisherigen Trainer kündigen. Beides sorgte in der Region
für Diskussionen.

Ab 2008 stieg die Zahl der Mitglieder Jahr für Jahr wieder
an. Im Jahr 2015, zur Zeit des Schreibens dieses Buches,
hatte der Verein über 400 Mitglieder. Dem TC Neuwied
war es, als einem von ganz wenigen Tennisvereinen in
Deutschland, gelungen, die „Trendwende" zu schaffen.

Der gute Ruf und Aktivitäten des neuen Trainers trugen viel dazu bei. Etliche weitere Initiativen wirkten sich aus. Es wurden pro Jahr zwei DTB-Turniere organisiert. Die Öffentlichkeitsarbeit wurde verbessert, damit der Verein wieder mehr „ins Gespräch gebracht". Es wurde intensiv um Sponsoren geworben und weiterhin vernünftig gewirtschaftet, nicht nur strikt gespart, sondern auch sinnvoll investiert. Als zeitgemäße Maßnahmen zur Kostenreduzierung wurden die alte Ölheizung durch eine moderne Gasheizung ersetzt und auf dem nach Süden geneigten Dach der Tennishalle eine Photovoltaik-Anlage installiert. Die Renovierung der Sanitäranlagen sorgt dafür, dass der Club dort ebenfalls „einen guten Eindruck macht".

Ich beendete mit meiner Rede bei der 100-Jahr-Feier meine Vorstandsarbeit. Angelika und ich beteiligten uns jedoch weiterhin (als Spieler/in, Mannschaftsführer/in, Oberschiedsrichter/in, im ORGA-Team und „bei Bedarf") daran, den Verein „nach vorne zu bringen". Noch einmal bewirkte ich eine „Mehrheitsmeinung". Der Hallenboden musste erneuert werden. Da plädierte ich dafür, zugleich die Hallendecke „von dunkelgrau auf weiß" umzustellen. „Das ist technisch kompliziert und auch viel zu teuer, dafür fehlt uns das Geld", bekam ich zu hören. „Das kann aber sinnvoll nur gemacht werden, wenn der Boden raus ist, nicht mehr, wenn neuer Teppich liegt", argumentierte ich. Dieser Meinung schlossen sich immer mehr Mitglieder an. Sie waren sogar bereit, für die Hallenstunden höhere Preise in Kauf zu nehmen, weil durch eine helle Decke „bessere Lichtverhältnisse" erzielt würden. Der Vorstand akzeptierte natürlich die Mehrheitsmeinung, war jedoch nicht bereit, auch noch Geld für eine farbliche Erneuerung der Wände auszugeben. Ich motivierte das „Gestrüpp-Rodungsteam" (s.o. S. 109) zu neuen Eigenleistungen. Gute Unterstützung erhielten wir von einem Clubmitglied, das Inhaber eines Farbengeschäftes war. Das „Anstreich-Team" wurde fachlich beraten und erhielt Farbe zur Verfügung gestellt. Als die Halle schließlich mit blauem Teppichboden, farblich darauf abgestimmten hellblauen Wänden und schöner weißer Decke für ein „völlig neues Spielgefühl" sorgte, gab es viele Väter des Erfolges. Etliche Male wurde zufrieden geäußert: „Das habe ich doch schon immer gesagt, dass die Decke weiß sein muss."

Und ich sorgte für noch eine weitere Neuerung beim TC Neuwied – ich trug nach Siegen „meiner" Mannschaft Tennislieder mit eigenen Texten vor. Im Anhang II (ab S. 136) stehen drei Beispiele. Es gab unterschiedliche Meinungen, ob mein Gesang schön oder nur laut war. Die Spieler anderer Mannschaften jedenfalls fanden ihn jeweils gut: „Na, das ist doch mal was anderes als die üblichen Reden!" Meine Mannschaftskollegen hingegen meinten, statt über neue Texte nachzudenken sollte ich lieber mal öfter Einzel gewinnen.

Ach ja, ich verdanke dem TC Neuwied bzw. einem seiner Mitglieder auch etwas Besonderes: seit vielen Jahren habe ich fast keine Probleme mit den Achillessehnen. Ein Mannschaftskollege hat mir den Tipp gegeben: „Versuch es doch mal mit Einlagen!" Bei einem „Sporthopäden" in

Koblenz sind meine Füße „gescannt" worden. Der Meister hat, mit Blick auf die Aufnahme, gemeint: „Alles klar, hier liegt Ihr Problem. Das kriegen wir gelöst." Dabei hat er in dem Foto auf einen Punkt etwa in der Mitte des Fußes gezeigt. Ich habe, etwas verunsichert, erwidert: „Ich habe die Probleme aber an der Achillessehne." „Heben Sie mal einen Fuß hoch." Der Meister hielt den Fuß und drückte kurz mit dem Daumen auf die Stelle, auf die er im Foto gezeigt hatte. Ich „jaulte" laut auf – es tat an der Achillessehne reichlich weh. „Na, wo liegt Ihr Problem?" bekam ich vom Meister zu hören. Eine Woche später habe ich Einlagen erhalten; etwa vier Wochen später bin ich schmerzfrei gewesen. Die Einschränkung, dass ich „fast" keine Probleme mehr habe, ergibt sich, wenn ich vergesse, rechtzeitig neue Einlagen zu bestellen; dann „erinnern" mich beginnende Schmerzen, dass ich wieder zum Sporthopäden muss.

30   Und das noch

„Tennisdeutschland" hat sich in der „Nach-Becker-Stich-Graf-Zeit" verändert. Die rückläufigen Mitgliederzahlen haben dazu geführt, dass, zumindest in unteren Klassen, Vierer- statt Sechser-Mannschaften spielen. Viele sind zwar der Meinung, das sei „nicht mehr so schön wie früher", aber kleinere Vereine müssten sonst ganz auf Mannschaftsspiele verzichten.

Um das ergänzend zu verhindern, ist, zumindest in Rheinland-Pfalz, eingeführt worden, dass man in zwei Altersklassen Medenspiele machen kann. Allerdings sind dazu Ausführungsbestimmungen erlassen worden, mit denen man sich erst durch intensives Studium vertraut machen muss.

Die Herren-Altersklassen „35 und 45" sind umgestellt worden auf „30/40/50". Damit ist die „Gleichbehandlung mit den Damen-Altersklassen" erreicht.

Es sind „Leistungsklassen" eingeführt worden. Ein Ziel dabei ist, dass Mannschaften korrekt aufgestellt werden: „Die 1 soll auf 1, nicht auf 4 spielen." Zum anderen soll „durch LK-Turniere Spielanreiz" geschaffen werden. Das hat einige Jahre für neue Aktivitäten gesorgt. So nach und nach ist die Zahl der LK-Turniere jedoch so groß geworden, dass sich die Teilnehmerzahlen auf immer mehr Turniere verteilt und dementsprechend pro Turnier verringert haben. Vermutlich hat aber auch schon das Interesse, „um seine LK zu kämpfen", nachgelassen.

Statt des früher üblichen 3. Satzes wird nun ein „Match-Tie-Break bis 10" gespielt. Dadurch „gewinnt" man Zeit, was bei Turnieren durchaus Vorteile bringt; benachteiligt sind hingegen die konditionsstarken Spieler/innen. Der Gewinn des Match-Tie-Breaks ist oft Glückssache.

Für Tennisfans sehr bedauerlich ist, dass es in den „normalen" Fernsehprogrammen weder von den vier großen Turnieren (Australien, Frankreich, England, USA) noch von besonderen Turnieren in Deutschland noch von Team-Wettbewerben Übertragungen gibt. Damit ist wohl erst zu rechnen, wenn irgendwann einmal wieder ein „deutscher Superstar am Tennishimmel" auftaucht.

Etwas Hoffnung, dass das passiert, habe ich. Folgendes Erlebnis weist darauf hin und ist, wie ich finde, nun ein schöner Schluss: Während eines Herrendoppels geht der Trainer mit seiner dreijährigen Tochter am Platz vorbei. Ein Spieler winkt und der Trainer weist seine Tochter darauf hin: „Sieh mal, der .... winkt. Was sagst Du da?" Die Tochter geht, ohne zur Seite zu schauen, weiter und sagt: „Den Ball ankucken!" Tja, mit der Einstellung einer Dreijährigen kann sie doch sicherlich mal eine ganz große Spielerin werden...

100 Jahre TC Neuwied

Hört Ihr Leute von nah und fern,
ich begrüße Euch herzlich gern
beim Tennisclub TC Neuwied!

Ein kluger Mann mir einstmals riet:
Willst Du eine Rede halten,
musst Du sie stets so gestalten,
dass man an Deinen Lippen hängt
und nachher dann ein jeder denkt:
„Das war mal was Besonderes,
war pointiert, war Tacheles."
Drum wählt' ich heute eine Form,
die etwas abweicht von der Norm –
100 Jahre im Reimeschritt.
Und Ihr, Ihr schreitet einfach mit.

Anno neunzehnhundertsieben,
so steht urkundlich geschrieben
im Register für Vereine
zu Neuwied, der Stadt am Rheine,
gab es Menschen, die gern wollten,
dass dort Tennisbälle rollten –
pardon, dass die Bälle fliegen;
musst sie übers Netz ja kriegen.

Doch in jenen alten Zeiten,
niemand kann das heut bestreiten,
gab es anfangs keine Netze.
Sportlich war nur das Gehetze
zu Behörden und Notaren,
bis die sich im Klaren waren,
was denn Tennis sollt bedeuten:
Freizeitspaß von reichen Leuten.
Ohne Leder, ohne Stollen,
keine Kugel in die Vollen,
mit einem Schläger in der Hand,
auf einem Platz mit rotem Sand,
wollten sie ein wenig laufen,
bei Seitenwechseln verschnaufen,
einen kleinen Filzball schlagen,
lange weiße Kleidung tragen.
Merkwürdig war auch das Zählen,
mancher muss sich damit quälen.
Das war kein Sport für jedermann,
wie man gut nachvollziehen kann.

Ein Verein benötigt sieben,
steht im BGB geschrieben,
Mitglieder als die Mindestzahl.
Das macht Sinn, denn bei einer Wahl
sind ja Posten zu vergeben –
dabei kann man was erleben…
Einer muss den Vorsitz machen,
der Zweite die Finanzsachen,
Nummer Drei und Vier sind Warte,
unterschiedlich, je nach Sparte.

Den Fünften braucht man fürs Schreiben.
Die Zwei, die dann übrig bleiben,
können Tennis spielen gehen –
manchmal hab' ich zwei gesehen.　　(*)

Anno neunzehnhundertsieben
war man ganz schnell so verblieben,
dass im Vorstand junge Leute
sitzen sollten, nicht wie heute,
wo's die Alten sollen richten.　　(*)
Jüngre sagen: "Ich? Mitnichten!
Vorstand können andre machen;
denn da gibt's ja nichts zu lachen."
Mancher hat was zu bemängeln.
Lieber mal ein wenig quengeln,
als selbst verantwortlich zu sein.
Klar, damals war der Club noch klein
und alle voller Tatendrang –
und es war gut, was da gelang.

Ihr könnt' Euren Augen trauen:　　(*)
Auf Fotos kann man noch schauen,
wie es damals ausgesehen.
Heute kann man kaum verstehen,
wie man denn in langem Rocke,
weiß vom Kopfe bis zur Socke
sich beim Spielen wohl konnt' fühlen.
Es gab wohl kein Sandplatzwühlen,
kein Gekreisch der Tennisdamen,
alles hielt sich brav im Rahmen,
die Herren in langer Hose,

alles saß fest, nichts war lose.
Der weiße Sport war elegant,
trotz der Flecken vom roten Sand.

Allerdings beim TC Neuwied
man Rotflecken anfangs vermied;
denn pechschwarz war damals der Sand,
als Hochofenschlacke bekannt.
Die Plätze lagen nah am Rhein.
Da konnte es durchaus mal sein,
dass man Bälle angeln musste.
Weil der Vorstand das ja wusste,
gehörte zu dem Inventar
ein Ballkäscher, das ist wohl klar.

Der schwarze Sand staubte gar sehr,
es musste recht viel Wasser her,
um des Staubes Herr zu werden.
Doch es gibt auf dieser Erden
so manche Ungerechtigkeit;
war man des vielen Wässerns leid,
wurd' man des Schlechteren belehrt,
bekam ein Hochwasser beschert.
Schäden, die das mit sich brachte,
führten dazu, dass man dachte:
„Kann man das denn nicht verhindern?"
Heut erzählt man Enkelkindern,
wie es ohne Deich gewesen.
In Berichten kann man lesen,
wie die Stadt stand unter Wasser.   (*)
Wer's erlebt, wurd' Wasserhasser.

Neunzehnhundertsechsundzwanzig
der Rhein besonders hoch anstieg.
Da hieß es dann: „Ein Deich muss her!"
Das freute die Neuwieder sehr.
Die Deichidee war Goldes wert.
Drum hat auch keiner sich beschwert,
dass der Tennisplatz musst' weichen.
Im Bismarckpark, unter Eichen,   (*)
ließ die Stadt zwei Plätze richten.
Der TC musst sich verpflichten,
sie zu warten und zu pflegen.
Man konnt' spielen – welch ein Segen!
Doch was dann vielen nicht gefiel
im Bismarckpark beim Tennisspiel,
waren Zaungäste, die schauten,
sich zum Spielen zwar nicht trauten,
aber in dem Park beim Bummeln
sahen, welche Spieler schummeln.
Das können Spieler nicht leiden.
Um den Ärger zu vermeiden,
suchte man nach neuen Plätzen,
ließ dafür die Kosten schätzen.
Drei Plätze sollten es schon sein,
und nicht noch mal zu nah am Rhein.
Der Vorstand suchte sehr fleißig.
Endlich, Neunzehneinunddreißig,
man dann ein Wunschgelände fand;
das ist noch vielen wohl bekannt:

„Im Weidchen" ließ man sich nieder.   (*)
Man hört noch manches Mal wieder,

wie schön es dort wohl gewesen,
beim Tennis und auch am Tresen
im „Casino" gleich nebenan.
Eine neue Ära fing an.

Allerdings, aus heutiger Sicht,
war es damals problemlos nicht.
Zwar nahm die Mitgliederzahl zu,
Tennisspielen war ein Clou
der besseren Gesellschaftsschicht;
doch unpolitisch war es nicht.
Statt TCN - Vorsitzender
musste der Titel „Führer" her.
Der „Führer des TC Neuwied",
so hieß es, damit man vermied,
dass andre den Vorsitz nahmen,
die da in Uniform kamen.
Anfang der vierziger Jahre
zeigte sich brutal das wahre
Gesicht jener Zeitumstände.
Es kam eine Zeitenwende,
die viel Kummer mit sich brachte;
an Tennis niemand mehr dachte.
Statt zu kämpfen beim Tennisspiel
manches Mitglied im Kriege fiel.

Das französische Militär
kam dann als Siegesmacht daher
und löste Sportvereine auf,
ging selber auf die Plätze drauf,
auch Tennis spielten manche gern –

Neuwieder sahen es von fern.
Sie hatten ganz andre Sorgen:
„Haben wir noch Brot für morgen?
Wo kann ich Kartoffeln kriegen?
Welcher Preis ist wie gestiegen?"

In den schweren Nachkriegsjahren
galt es, Hoffnung zu bewahren.
Der Sport gibt oftmals manchem Mut.
Deshalb war es auch richtig gut,
dass einige angefangen,
wieder zum Sport zu gelangen.
Neunzehnachtundvierzig ließen   (*)
die Franzosen Hoffnung sprießen,
als sie Tennis zugelassen.
Nun, es strömten keine Massen,
ein Platz wurde freigegeben –
der Verein begann zu leben.

Zwei Namen sind hier zu nennen,
die muss man im Verein kennen:
Dr. Hassbach ist der eine   (*)
Name, von denen ich meine,
dass ihm Erwähnung heut' gebührt;
er hat den Verein geführt
vor und nach jenen Kriegsjahren.
Es gelang ihm, zu bewahren
den TCN vorm Untergang.
Hört: vierundzwanzig Jahre lang
war Dr. Hassbach Präsident,
wie man den Vorsitzenden nennt,

wenn man in Achtung von ihm spricht.

Jedoch, Rekordzeit war das nicht
fürs Ehrenamt beim TCN.
Wenn ich den andren Namen nenn',
werden manche sagen: „Ja, klar,
sie sechzig Jahre Schatzwart war!"   (*)
Sechzig Jahre - welch ein Rekord,
den nimmt ihr niemand wohl mehr fort.
Und ihr ist es zu verdanken,
dass wir hier heut in Gedanken
auf so viele Jahre schauen;
denn wir unser Wissen bauen
auf überlieferten Daten.
Ich lass Euch nicht länger raten:
Else Jacobi hieß die Frau.
Ältere hier wissen genau,
dass ihr gebührt ein Ehrenplatz;
für den Verein war sie ein Schatz.

In den fünfzig - sechz'ger Jahren
Freundschaftsspiele üblich waren.
Bis Berlin gingen die Reisen.
Wer's nicht glaubt, ich kann's beweisen;
denn bei solchem Tennisspielen
zwei sich in die Arme fielen,   (*)
tief sich in die Augen schauten
und zum „Lebens - Mixed" sich trauten.
Pia und Roland heißt das Paar.
Tennis Ehevermittler war.

Gleiches gibt es auch noch heute.
Steffi H. sich mächtig freute,   (*)
als Milos kam und sie trainiert.
Sie hat gar manchen Schlag probiert,
bis bei ihr die Liebe siegte
und sie Tochter Ana kriegte.

Tennisspielen kann verbinden,
Kilometer überwinden –
das kann man ja auch erfahren
in so manchen Tennisjahren,
wenn man früh am Sonntagmorgen
statt die Brötchen zu besorgen
durch den Westerwald darf reisen,
um den Gegnern zu beweisen,
dass man pünktlich angekommen.
Oftmals hat man dann vernommen:
„Ihr müsst sehr früh gefahren sein.
Kommt jetzt mal erst ins Clubhaus rein.
Wollt Ihr einen Kaffee trinken?
Unsre Plätze noch versinken
unter großen Wasserpfützen.
Sonne würde uns jetzt nützen.
Ach, da kommt unser sechster Mann,
na, dann fangen wir doch mal an,
die Plätze trocken zu machen."
Jeder hier kennt solche Sachen.

Ich hatte zwei Namen genannt,
die im Verein seien bekannt.
Ein dritter ist zu benennen,

den die meisten sehr gut kennen:
der Name ist: Hermann Christen –   (*)
hervorzuheben aus Listen
über die Vorstandsmitglieder.
Sein Name fällt immer wieder,
wenn vom Umzug wird gesprochen,
als man damals aufgebrochen
zum Weißen Berg vom Weidchen aus.
6 Plätze, Halle und Clubhaus
wurden hier am Berg errichtet.
Und die Rhein-Zeitung berichtet:
„Ein Juwel für den Tennissport
wurde geschaffen hier am Ort."

Hermann Christen ist heute hier.
Und ich hier vorn erlaube mir,
ihn zu bitten, aufzustehen,
damit wir ihn alle sehen.
Was ihm und dem Vorstand gelang,
gebührt den besonderen Dank;
den sprechen wir ihm hier jetzt aus
mit einem herzlichen Applaus!

Neunzehndreiundsiebzig geschah
jener Umzug; in der Zeit war
der Bau einer Tennishalle
sehr mutig in jedem Falle.
Inzwischen hat es sich als gut
erwiesen, dass der Vorstand Mut
hatte zu der Investition.
Bezahlt ist alles lange schon,

der TCN ist schuldenfrei –
das bitte weiterhin so sei!

Es gab noch eine Neuerung;
der Vorstand nutzt den Quantensprung
vom Klein- zum mittleren Verein
und stellte einen Trainer ein.
Rüdiger Rottsahl heißt der Mann,   (*)
der zeigt seitdem, wie es sein kann,
noch besser Tennis zu spielen;
das bewies er schon sehr vielen.

Die Mitgliederzahl stieg und stieg,
Mannschaften holten Sieg um Sieg.
Bald war die Anlage zu klein,   (*)
es mussten noch zwei Plätze sein,
um Spielen möglich zu machen.
Manches Mal kam man mit Sachen
zum Spielen vergeblich hierher;
doch es fiel dann gar keinem schwer,
auf der Terrasse zu sitzen,
zu schauen, wie andere schwitzen,
selbst dabei ein Bier zu trinken,
damit Spielenden zu winken.
Manche eilten von Platz zu Platz,
dabei gab es für sie die Hatz,
das Namensschild schnell zu hängen,
bevor andere noch drängen,
auch mal zum Spielen zu kommen.
Ja, so war's, hab ich vernommen.

Es kamen glorreiche Jahre.
Boris Becker war der wahre
Held in dem deutschen Tennissport;
er glänzte auf dem Centercourt
von Wimbledon und anderswo.
Dann kam der Steffi Tennisfloh,
der bald als Steffi Superstar
nur selten zu besiegen war.
Auf Hochniveau auch Michi Stich
sich mit den Besten oft verglich.
Zwar fehlte ihm ´ne Prise Kampf,
er stand gewiss nicht unter Dampf
wie beispielsweise Mc Enroe.
Die Tennisjugend wurde froh,
als Agassi in bunt gewann,
fing eine neue Mode an.
Die führte zu Diskussionen
zwischen den Generationen.
Das alte Image „weißer Sport"
lebte noch in den Köpfen fort,
die den Modetrend nicht mochten
und auf Tradition sehr pochten.
Inzwischen ist „bunt" ganz normal,
ganz weiß ist in der Unterzahl.

Neue Vereine entstanden,
bundesweit in allen Landen.
Doch dann folgte eine Wende,
der Tennisboom ging zu Ende.
Die Zeiten der glorreichen Drei,
Becker, Stich, Graf waren vorbei.

Steffi uns noch überraschte,
dass sie an Agassi naschte.
Doch die langen Tennisstunden,
die im Fernseh'n wir gefunden,
gehören zur Vergangenheit,
kein neues Idol weit und breit.
Die Mitgliederzahlen schwinden,
Lücken sind zu überwinden
in gar manchen Tenniskassen,
weil die Beiträge nicht passen
zu den Träumen jener Zeiten.
Hier ließ man sich nicht verleiten,
übers Ziel hinaus zu schießen.
Zwar auch die Gedanken sprießen,
höher noch hinaus zu wollen;
doch die Mehrheit fragt: „Was sollen
wir mit Profitennis machen?"
Dafür braucht man andre Sachen
als für unseren Breitensport.
Finanzprobleme blieben fort.

Gutes Tennis gab es durchaus;
des Trainers Schule zahlt sich aus.
In den achtzig, neunz'ger Jahren,
die beim Tennis Boom-Zeit waren,
gab es TCN-Mannschaften,
die es immerhin auch schafften,
in der Oberliga zu sein.
Den ersten Herren im Verein   (*)
gelang das mit Zaki Hassan,
der fast alle Spiele gewann.

Er war oft Meister im Verband
und ist auch heute noch bekannt
als Superspieler der Region.
Die Mannschaft, na, Ihr ahnt es schon,
war eine Bank beim Medenspiel;
solch ein Team bleibt seitdem ein Ziel.
Berkhan, Breuer, Wölke, Christen
standen in den Siegerlisten.

Ähnlich war es bei den Frauen; (*)
auch dort gab es einst zu schauen
hohes Oberliganiveau.
Der TCN war stolz und froh,
solch ein Damenteam zu haben.
Es waren Eltern, die gaben
ihren Töchtern Tennistalent.
Die Namen hier ein jeder kennt;
ich nenne einige davon:
Brodersen, Ebert und Simon.

Noch eine weitere Mannschaft (*)
hatte es dann später geschafft
bis zur Oberliga hinauf;
ich zähle ein paar Namen auf:
Elberskirch, Simon, Voss und Bach
eiferten den Jüngeren nach
und zeigten, dass beim Tennisspiel
mit Fitness man erreicht sein Ziel.
Mit so vierzig, fünfzig Jahren
sich die Fitness zu bewahren,
ist gut möglich beim Tennissport

und, nehmen Sie mich ruhig beim Wort,
auch mit sechzig ist es recht leicht,
dass die Kondition durchaus reicht,
Einzel und Doppel zu spielen,
Mannschaftssiege zu erzielen,
dann in gemütlicher Runde
führen ein paar Glas zum Munde,
diskutieren und erzählen,
etwas mit den Schmerzen quälen,
die beim nächsten Spiel vergessen,
denn man ist ja so versessen,
wieder den Schläger zu schwingen,
um einen Sieg zu erringen.

Ich sprach vorhin von Platz sieben
und acht; sie sind's nicht geblieben,
es kam hinzu noch der Platz neun.   (*)
Darüber können wir uns freu'n;
er bietet den meisten Schatten,
den andere so nicht hatten.
Wenn am Himmel hoch die Sonne,
ist Platz neun für die die Wonne,
die die Sonne nicht vertragen.
Auch Anfänger hört man sagen:
„Ich spiele da hinten so gern,
dann sieht man mich erst nur von fern
und die Fehler nicht so genau;
auf Platz 2 ich mich noch nicht trau."
So hat ein jeder der Plätze   (*)
nicht nur die Linien und Netze,
sondern seine Eigenschaften.

Kann man den Lärm nicht verkraften,
der manchmal auf der Terrasse
bei Bier oder Kaffeetasse
bis auf Platz 2 zu hören ist,
weil man beim Tratschen oft vergisst,
dass man die Tennisspieler stört,
und findet man das unerhört,
dann geht man besser auf Platz acht.

Abends hat man da nicht bedacht,
dass schräge scheint die Sonne dort.
Dann geht vielleicht man wieder fort
auf sechs und fünf, vier oder drei.
Schon eilt ein anderer herbei
und ruft: „Die zwei sind reserviert,
dort unsre Mannschaft heut trainiert!"
Wenn man das hat so vernommen
und sieht vorne andre kommen,
muss man sich noch einmal sputen,
denn es ist ja zu vermuten,
dass die auch noch spielen wollen.
Manchmal löst die Frage: „Sollen
wir jetzt mal ein Doppel machen?"
Plätzewahl und andre Sachen.

Erwähnen möcht ich noch den Hang,   (*)
den wir jetzt haben, Gott sei Dank,
für die Zuschauer geschaffen.
Niemand muss mehr wie die Affen
bei den Plätzen an den Zäunen
sich mit Gittermustern bräunen.

Wohl geschützt auf schönen Bänken,
ohne sich den Kopf zu renken,
hat man den guten Überblick;
die meisten finden es so chic.

Ich bin jetzt in der Gegenwart
angekommen, hab Euch erspart
zu hören nur nackte Zahlen,
damit, hoffe ich, auch Qualen
eines Geschichtsunterrichtes.
Nicht Höhen eines Gedichtes
wollte ich hier von mir geben,
sondern gereimtes Erleben
des Tennisvereines Neuwied.
In Zweifel ich dabei geriet,
ob ich nicht noch manche Namen,
die mir ins Gedächtnis kamen,
wie Müller, Schladitz, Berkhan, Noll,
die Namensliste ist sehr voll,
hier ausdrücklich nennen müsste.
Wenn ich dabei sicher wüsste,
dass ich keine Fehler mache
in solch einer heiklen Sache,
den zu nennen, andere nicht,
wär es besser aus meiner Sicht.
Doch jemanden zu vergessen,
der vielleicht darauf versessen,
erwähnt zu werden namentlich
und ich vergess' ihn liederlich,
das Risiko ist mir zu groß,
und deshalb hoffe ich jetzt bloß,

dass keiner, der sich engagiert,
meint, ich hätte ihn jetzt blamiert,
seinen Namen nicht zu nennen.
Wichtig ist, dass die ihn kennen,
die beim wöchentlichen Spielen
Tennisfitness hier erzielen.
Es wird durchaus an die gedacht,
die den Verein zu dem gemacht,
der jetzt hundert Jahre alt wird.

Damit man sicher nicht verliert
aus dem Gedächtnis, was geschah,
ob längst vergangen oder nah,
in diesen hundert Jahren lang
gibt es, ich sag dem Vorstand Dank,
heute eine Festbroschüre   (*)
dort an unsrer Ausgangstüre.
Das heißt jetzt nicht, dass Ende ist,
nur dass man nachher nicht vergisst,
mitzunehmen ein Exemplar;
denn dazu sind sie schließlich da.
So kann man in Ruhe lesen,
wie die Historie gewesen –
Höhepunkte und auch Sorgen,
einen Ausblick noch aufs Morgen,
denn in fünfundzwanzig Jahren
möcht' man wissen, wie sie waren
die Zeiten der Vergangenheit.
Dann ist es wieder mal so weit,
dass man stolz darf Rückschau halten,
fragen, wie es denn die Alten

beim Hundertjährigen gemacht,
was sie geplant, getan, gedacht.
Damit man dann nicht sagen kann:
„Da war solch langer Redner dran",
komme ich abrupt zum Ende -
sage Danke, senk die Hände.

Neuwied, 28.04.2007, Eckhard Duhme

(*) An den Stellen wurden auf einer
großen Leinwand Fotos gezeigt.

ED – Tennislieder

Nr. 1

(Melodie aus der Operette *Giuditta*)

Freunde, das Leben ist lebenswert!

Wenn ich auf dem Tennisplatz stehe
und dem Gegner ins Antlitz sehe,
bekomm' ich wieder dies komische Knacken
im Nacken, im Nacken
und das Kribbeln in den Armen –
hau ich drauf oder zeig' ich Erbarmen?

Nun, der Gegner ist voll konzentriert,
ob er heute wohl mal verliert?
Er ist noch ungeschlagen,
Du kannst ihn danach fragen,
Zwar ist es in diesem Jahr sein erstes Spiel,
doch das sagt ja nicht viel.

Und außerdem war er noch krank –
Gott sei Dank;
denn es hat ja noch nie jemand geschafft,
zu gewinnen gegen einen Gegner, der bei voller Kraft.

Meine Chancen, sie steigen enorm,
denn ich bin ja seit Wochen super in Form!
Doch sollte ich verlieren,
das geht mir an die Nieren.
Wahrscheinlich liegt's am kaputten Knie,
doch darüber, da spreche ich nie, nie, nie.
Nur mein Gegner, der weiß Bescheid;
denn er war ja krank und er tat mir leid.
„Ich war ja krank - oh je mein Knie,
ich war ja krank - oh je mein Knie!"
So ging es her, so ging es hie.

Tja, das Spiel, das ist längst vorbei.
Wie es ausging, ist einerlei.
Wir haben ein paar zusammen getrunken,
sind uns in die Arme gesunken
und freuen uns auf ein Wiedersehn –
oh Tennis, wie bist Du schön!!!

Nr. 2

(Melodie *Habanera* aus *Carmen)*

Wir lieben all' den Tennissport

Wir lieben all' den Tennissport,
sei's Nebenplatz, sei's Centercourt.
Wir wollen stets der Sieger sein
und reden uns den Gegner klein.
Wir lieben all' den Tennissport!

Mit dem Slice, dem Topspinnball
wird gewonnen auf jeden Fall.
Ich bin heut' ganz besonders drauf
und habe einen guten Lauf.
Schon schlag' ich wieder ein halbes Ass –
ja dieses Spiel, das macht mir Spaß.
Der Gegner wie ein Wiesel rennt,
er jeden Meter des Platzes kennt.
Wir lieben all' den Tennissport!

Na, hat da was in der Wade gezwickt?
Na, hat da der Coach des Gegners genickt?
Komm' denk an Deine Kondition,
Du bist doch klar in Führung schon.
Der Vorsprung schmilzt, es wird noch knapp –
Komm, Junge, mach' jetzt nur nicht schlapp.
Was ist denn mit der Vorhand los?
Verflixt nochmal, was mach' ich bloß?
Wir lieben all' den Tennissport!

Das Spiel, das geht so hin und her,
der Körper schreit: "Ich kann nicht mehr!"
Ich hole alles aus mir raus –
dann ist das Spiel ganz plötzlich aus.
Ich hab' gewonnen, dideldum;
der Gegner, tja, der knickte um.
Er tat mir erst ein wenig leid,
dann stand zum Doppel ich bereit.
Wir lieben all' den Tennissport!

Wir lieben all' den Tennissport,
sei's Nebenplatz, sei's Centercourt.
Wir wollen stets der Sieger sein –
prost, mehr fällt mir dazu nicht ein....

Nr. 3

(Melodie *Yeah, yeah, yeah* von den *Beatles*)

Ich liebe Tennis – yeah!

Ich liebe Tennis, yeah, ich liebe Tennis, yeah,
ich liebe Tennis, yeah, yeah, yeah!

Bin ich mit Aufschlag dran,
dann zeig ich, was ich kann.
Ich schlag' mal schnell ein Ass,
denn das, das macht mir Spaß.
Ich bin gut drauf, schon steht es „Forty love"!
Und, ach, der Gegner, der ist natürlich baff.

Ich liebe Tennis, yeah, ich liebe Tennis, yeah,
ich liebe Tennis, yeah, yeah, yeah!

Ich spiele gern den Stopp,
danach folgt oft ein Lob.
Die Vorhand long und cross,
die zeigt, ich bin der Boss.
Ja, ja, so ist das in meiner Theorie,
doch auf dem Platz, da zittern mir die Knie.

Ich liebe Tennis, yeah, ich liebe Tennis, yeah,
ich liebe Tennis, yeah, yeah, yeah!

Der Gegner, der ist fit,
der hält zwei Stunden mit.
Das Spiel geht hin und her,
da fragen wir uns, wer
wird denn zum Schluss hier wohl der Sieger sein?
Egal, wer's ist – wir stimmen alle ein:

Ich liebe Tennis, yeah, ich liebe Tennis, yeah,
ich liebe Tennis, yeah, yeah, yeah!

Eckhard Duhme ist 1947 im westfälischen Hagen geboren und dort aufgewachsen. Nach dem Abitur ist er von 1966 bis 1968 in Hamburg und Schleswig - Holstein bei der Bundeswehr gewesen. Danach hat er 4 Jahre in Münster Jura studiert. Nach 2 ½ Jahren Referendarzeit hat er 1975 das 2. juristische Staatsexamen bestanden. Dann hat er 35 Jahre in einem Chemiekonzern in leitenden Funktionen gearbeitet.

Im Berufsleben hat er unzählige Texte verfasst. Oft ist ihm lobend gesagt worden: „Sie könnten auch Schriftsteller sein." Das ist er seit 2010 als Rentner. Schreiben ist für ihn ein unterhaltsames und spannendes Hobby: „Wenn meine Texte auch anderen Menschen Freude bereiten, ist die aufgewendete Zeit sinnvoll gewesen."

Seit 1995 wohnt er mit seiner Frau Angelika in Neuwied.

Beim *tredition® - Verlag* gibt es von Eckhard Duhme

„Mir passiert so etwas doch nicht" – Band I
Urlaubslektüre, 104 Seiten, 8,00 €
Erzählt werden „Erlebnisse zum Schmunzeln" während einer Urlaubsreise 2011 nach Portugal. Dabei erhält man zugleich touristische Informationen über Sehenswertes und Nichtsehenswertes in Lissabon, Casçais, Estoril, Sintra und Mafra, besser als in manchen Reiseführern.

„Mir passiert so etwas doch nicht" – Band II
Urlaubslektüre, 100 Seiten, 9,80 €
Beim Schmunzeln über Erlebnisse einer Urlaubsreise 2012 zur Costa Blanca in Spanien erfahren Sie, ob sich denn ein Besuch in Valencia, Alicante, Benidorm, Altea, Jávea, Castell de Castells, Guadelest oder Calp lohnt.

„Mir passiert so etwas doch nicht" – Band III
Urlaubslektüre, 104 Seiten, 9,80 €
2013 geht die Urlaubsreise nach Spanien an die Costa del Sol. Málaga, Marbella, Fuengirola, Torremolinos, Cártama, Mijas und Mijas Costa werden besucht. Bei manchen Erlebnissen ist man sicherlich froh, dass man davon selber nicht betroffen gewesen ist.

„Augen zu und durch"

Renovierungslektüre, 120 Seiten, 9,80 €

Bei Renovierungen passiert doch immer irgendetwas Unvorhergesehenes. Termine verzögern sich, es wird teurer als geplant, es kommt „was dazwischen", es gibt neue Wünsche. Hier ist mal aufgeschrieben worden, was man dabei so alles erleben kann.

„Björn"

Roman , 678 Seiten, 35,00 €

Geschildert wird, wie das Leben eines Jugendlichen in den sechziger Jahren des zwanzigsten Jahrhunderts gewesen ist, einer Zeit, in der es weder PC noch Handy, SMS, i-Phone oder Play-Station, nicht einmal schnurlose Telefone gegeben hat. Interessant ist das Leben in der Zeit trotzdem gewesen – oder gerade deshalb?

Zeitfracht Medien GmbH
Ferdinand-Jühlke-Straße 7
99095 Erfurt, Deutschland
produktsicherheit@kolibri360.de